Toute la famille ensemble

Du même auteur

Un coup à prendre, Au diable vauvert, 2011.
Ce parfait ciel bleu, Au diable vauvert, 2012.
Que ton règne vienne, JC Lattès, 2014.
Charles Draper, JC Lattès, 2016.
Les Hautes Lumières, JC Lattès, 2017.
La Vie sans toi, JC Lattès, 2019.
Le petit chat est mort, Flammarion, 2020.
Mon garçon, Flammarion, 2021.

Xavier de Moulins

Toute la famille ensemble

roman

Flammarion

ISBN : 978-2-0802-6738-2

À Mima, aux frères, à mes filles.

« Vous parlerez d'amour quand il aura mangé. »

Guillaume Apollinaire

Première partie

1

Nous sommes arrivés avant la nuit. Les filles avaient les yeux collés. Le sommeil leur est tombé dessus sur l'autoroute ; elles m'ont confié leur innocence, se sont abandonnées en un claquement de doigts, ficelées dans leurs ceintures de sécurité. Leurs voix se sont arrêtées net, comme si quelqu'un avait tiré sur une prise et débranché les enfants.

Juste avant de s'éteindre, Claire et Zélie riaient fort à propos d'une histoire de cour de récréation, d'un dénommé Joseph et de la directrice, je ne sais plus très bien. J'ai fait un stop pour un plein d'essence, une bouteille d'eau. J'ai repris la route sans traîner. Elles ont commencé à danser, à se battre, puis à danser encore. Nous avons chanté pour tuer le temps long. J'ai tendu la main pour qu'elles y déposent un gâteau, mais ma main est restée désolée.

J'ai entendu le silence tout envahir, les mouvements des têtes qui basculent vers l'avant, et les cheveux des jumelles ont masqué leurs visages comme des rideaux d'or.

Le ciel était encore assez vif, sans trop de nuages pour tamiser l'ambiance, et le soleil déclinait après une journée sans effort. Il n'y avait rien à signaler sur la route. Des voitures débordaient d'enfants, des familles en transhumance avançaient et les moteurs des camions, en file indienne, nous berçaient. Ce n'était pas vraiment le soir, juste le dernier quart d'un après-midi de printemps, le premier jour des vacances de Pâques, les œufs, les cloches, la mort et la résurrection du Christ. Je n'ai pas mis les pieds dans une église depuis Noël dernier. Chaque année, ma femme insiste et, chaque année, je finis par céder. Je devrais écrire « insistait », je devrais écrire « finissais ». Je me mettrai peut-être à l'imparfait et au passé simple après ça.

En amour, la concordance des temps est une drôle de religion.

Jeanne dit qu'elle croit en Dieu au moins une fois par an.

Ça faisait rire les enfants.

2

Elles ont ouvert la fenêtre juste avant le portail blanc et l'allée de peupliers qui conduit jusqu'à la maison. Le père de ma mère a planté ces arbres juste après la guerre et lui a légué ce corps de ferme l'année de mes sept ans. De cette époque, je ne me souviens pas de grand-chose, à part de ma mère sur un film en Super 8 ; elle peint ses volets en souriant à la caméra. Je me souviens aussi d'une nuit froide de décembre, de la douceur de l'édredon, de l'œil perçant de ma grand-mère au pied du sapin, d'une partie de foot avec mon frère dans la neige.

C'est tout.

Elles ont voulu que je klaxonne pour l'avertir, elles ont voulu un morceau de musique « hyper fort » pour la faire sourire quand elle nous verrait arriver. Elle adore ça, ma mère, les arrivées.

Dans le rétroviseur, Claire avait repris des couleurs et, le nez dans l'iPad, Zélie parlait vite et proposait des idées de chansons. Elles sont tombées d'accord sur *Love the Way You Lie*, de Rihanna et Eminem.

Elles ont changé d'avis.

J'ai rebranché le Bluetooth et ouvert grand les fenêtres avec ce titre qui fait danser ma femme sur les pistes de ski, les plages ensoleillées, les jours de grand beau et les après-midi de chien. Jermaine Jackson et Pia Zadora.

When the Rain Begins to Fall.

Ma mère est sortie de la maison en levant les bras, nous a offert en guise de bonjour un entrechat et s'est avancée jusqu'à la voiture en tirant sur sa cigarette.

— Comment ça va mes oiseaux ?

Elle sentait déjà le whisky.

Les filles lui ont sauté dessus. Une rangée de moineaux devisait sur un câble électrique, un corbeau approchait face au vent. Des effluves douçâtres embaumaient.

Je me suis forcé à sourire pour tenter de cacher la fissure, j'étais là sans l'être. Des décharges électriques me lacéraient le bas du dos, crantaient mon esprit, exacerbaient l'absence.

Première partie

Tout semblait droit en surface, mais à l'intérieur, c'était tout un univers qui s'éteignait. Mon monde multicolore s'était tu, une tristesse avait essoré mon cerveau et mon cœur, ôté tout arôme à ma vie, passé sur mon âme une teinte de cire.

J'avais conduit mes filles jusqu'ici sans trop savoir comment. Et par miracle, elles étaient arrivées à bon port, sans comprendre qu'un fantôme avait pris le volant.

Un père en petits morceaux.

3

Claire et Zélie entament une danse de la joie. C'est leur rituel quand elles retrouvent leur grand-mère. Paprika a inventé cette chorégraphie quand elles avaient trois ans, à dix ça les amuse toujours autant, cette célébration, et les youyous qui vont avec. Les filles improvisent de nouveaux mouvements, ma mère envoie des baisers de la main vers le ciel, et hilare ouvre les bras pour rendre grâce.

— Mais que le monde est deux fois plus beau quand mes jumelles sont là !

Paprika les stoppe net en claquant des doigts. Les filles s'immobilisent, saluent en trois temps un public imaginaire, collent leur paume à tour de rôle contre celle de ma mère qui enchaîne :

— On va se raconter la vie !

Un nom d'épice et de poudre rouge, ça lui va comme un gant.

Elle n'a pas hésité une seconde. Il y a dix ans, quand elle a su qu'elle allait devenir grand-mère, ma mère m'a annoncé, ironique et rieuse :

— Je prends un sacré coup de jeune, donc mes petits-enfants ne m'appelleront ni Mamie ni Bonne-Maman. Moi, je serai Paprika. Ça sonne bien, Paprika, non ?

Son téléphone vibre, elle le dégaine et soupire. Je quitte la nécropole de mon vide intérieur et reviens à moi. Mon regard bloque, mes yeux s'arrêtent, mon attention se porte tout de suite sur son nouveau fond d'écran, cette photo d'elle et lui en noir et blanc. Elle a de faux airs de Jackie Kennedy, une bouche infinie et ce feu dans les yeux ; mon père ressemble à Gérard Philipe. Ils sont en tenue de mariés, c'était hier. Une éternité. Elle hausse les épaules quand elle comprend que j'ai remarqué.

Ce soir, elle a un bridge de vieux, elle aurait préféré un poker de jeunes.

— Avec des mignons à croquer, un piano pour chanter Boris Vian, Boby Lapointe ou Françoise Hardy.

Elle rappelle pour prévenir qu'elle aura du retard, suggère, en allumant une autre cigarette, de commencer sans elle. Elle tire la langue à Zélie, caresse mon bras, la joue de Claire. Elle tremble et, pour échapper à ma vigilance, se cache les mains dans le dos. Paprika reste joviale, espère que je ne l'ai pas vue. Je l'ai vue.

— Dieu que ces gens m'emmerdent…

— Ben pourquoi tu y vas ?

— Pour me forcer à être gaie et mettre une bonne raclée à tous ces petits vieux.

Les filles se greffent à leur grand-mère en avançant jusqu'à la maison. Je sors les valises et les tire sur les gravillons.

L'écho des rires me griffe et m'encourage à tenir le coup.

Le cœur plus léger, je tente d'oublier et, exsangue, j'avance, un pas devant l'autre, appliqué comme un funambule, en tenant à distance le soufre de mes contrariétés.

Ne pas tomber.

Canard boiteux pathétique. Chaque pas me coûte une énergie folle. Je pourrais m'écrouler sur le chemin de la maison et m'endormir sous la nuit tombante, dos aux étoiles. Je tiendrai le coup pour les filles, et pour ma mère aussi, pour la pudeur.

Je cherche l'air dans les eaux territoriales de mon enfance. Quelques bouffées pour retrouver des couleurs, un peu du goût de vivre.

Je suis dans le rouge, et je brandis un drapeau blanc.
Il me fait face.

Ce corps de ferme est un écrin charmant en forme de rectangle. Au centre, la maison principale est recouverte de vigne vierge sur les trois étages, verte l'été, rouge en automne, dépoilée en hiver et toujours de retour au printemps. J'aime cette constance. J'aime surtout la rusticité de l'endroit, l'absence de prétention des pierres, leur côté brut, et les roses trémières qui s'invitent de plus en plus hors saison, l'air hirsute de l'arche de lierre, les hortensias en bataille, cette allure simple et désordonnée, ces hautes fenêtres aux volets rouges, l'alignement des tuiles noires posées comme un couvre-chef qui protège de la foudre et des intempéries, et la douceur de la pelouse juste en face bordée par endroit du bleu accidentel de quelques gentianes. J'en aime aussi les communs tout autour. Ces anciennes écuries servent de réserve à tout et n'importe quoi. Enfants, avec mon frère, on y cherchait des trésors. Des décennies plus tard, mes filles y jouent à s'inventer des mondes au milieu des vieux meubles abandonnés, des chaises de jardin, des matelas gonflables, de la tondeuse à gazon, des caisses de livres jaunis et de quelques antiquités.

Je caresse l'espoir d'avoir un jour les moyens de les transformer. Je m'y projette en rêvant d'un atelier, de chambres d'amis, et de jours meilleurs. D'une forme de paix. Est-ce possible d'y croire encore ?

Mon cœur se desserre toujours dans l'entrée. Les saveurs d'enfance resurgissent : cette maison est truffée du parfum des souvenirs du monde d'avant notre monde, l'odeur de l'innocence. On la traverse pour rejoindre la cuisine et chaque fois mon père est là.

Dans ce salon foutraque, habillé de bric et de broc, entre les fauteuils, le velours rouge de la méridienne, les cuirs passés des larges clubs, l'épaisseur des tapis, des objets de toutes sortes vous observent. Sous les trois anneaux d'un lustre à pampilles, chiens, chats, coqs, oiseaux en marbre, en bois ou en porcelaine, hantent les lieux, arche de Noé chinée dans les brocantes des environs, coups de cœur et coups de folie.

Et puis la bibliothèque.

Devant les alignements de livres, mon père est partout, éparpillé sur les étagères où trônent des photos ex-voto à tous les âges et par tous les temps sans aucune chronologie. Costumes cravates, shorts de tennis, tenues de ski, smokings ou maillots de bain, sur un bateau en croisière, cul nul dans une crique de Corse ou de Sardaigne, et toujours avec lui ce sourire ravageur.

Ma mère a évité l'autel, elle a préféré semer cette pluie de clichés de lui, répandre sa trace, même sur le bord de la cheminée entre des lumignons. Je ferai peut-être la même chose avec Jeanne.

Est-ce que toutes les histoires entrent dans un cadre photo ?

Les filles l'aident à mettre la table. Le rire de Paprika se vaporise dans l'atmosphère. À la fenêtre, la lumière du soir brise la perspective, coupe en deux le paysage. Un rayon mordoré rase les herbes hautes du champ des voisins. Près du sous-bois, on devine à peine le point d'eau, la mare presque vide.

À une époque, des chevaux avançaient jusqu'à la clôture.

Mon frère m'entraînait pour tenter de les caresser. On s'avançait vers eux à pas de loup, petits Indiens protégés par le vent. Ils nous sentaient, pointaient leurs oreilles, aux aguets, se donnaient l'alerte, et presque toujours fuyaient ;

parfois ils restaient là jusqu'à ce que nos mains les effleurent en passant la barrière. Marc aimait leur chaleur et leur souffle. Il ne les craignait pas, posait sa main sur leur encolure, touchait leurs naseaux ; je restais derrière lui, hésitant et fébrile devant les équidés. Leur nombre variait ; un automne, j'en ai compté jusqu'à huit. On rêvait de les chevaucher, on rêvait de grandes traversées, on rêvait de peinture de guerre.

Ils ont disparu.

4

Le rire de ma mère résonne. Ses explosions de joie s'entendent jusqu'à l'étage. L'étau autour de mon cœur se desserre encore. Un air frais me soulage.

De quoi parle-t-elle aux enfants ?

J'ai pris la chambre bleue, les filles s'installeront à côté, dans la jaune. Pourquoi donne-t-on des couleurs aux endroits ?

Il n'y a plus rien de bleu dans ma chambre, un papier peint coquelicot a remplacé la toile de Jouy. Enfant, j'observais les dessins avant de m'endormir ; il y avait sur ces murs des femmes vénérables. Certaines créatures étaient posées près d'un lavoir, d'autres dormaient sur l'herbe ou rêvassaient étendues sous des pommiers. Il y avait des chiens aussi, des meutes dominantes et des ânes qui portaient sur leur dos des hommes rondouillards. Le bout du clocher d'une église transperçait le ciel.

C'était beau.

Mon père a laissé sa vieille Jaguar à ma mère. Elle n'a de Jaguar que le nom et les courbes ; sous le capot de cette vieille anglaise, c'est plutôt l'Albanie. Un miracle que cette guimbarde roule encore. Ma mère refuse de payer l'assurance et se moque des contrôles techniques. C'est mon frère qui s'occupe de l'intendance de cette voiture, et du reste de sa vie aussi. Ma mère est brouillée avec le réel, mon frère a les pieds sur terre. Je les laisse se débrouiller tous les deux pour les choses pratiques. En serais-je capable, si mon tour venait ?

Je n'arrive pas à choisir : « Jeanne aime beaucoup ma mère » ou « Jeanne aimait beaucoup ma mère » ?

Je pars vomir aux toilettes. Je n'ai que de la bile à offrir. Mon ventre se tord de douleur et renvoie toute joie promise au fond de la cuvette.

Elle klaxonne pour nous avertir qu'elle s'en va. Paprika n'est pas montée dans les chambres vérifier si tout allait bien. Elle a préféré s'abstenir et nous écrire un mot sur le frigo : « Comme la vie est belle quand tout est sur la table ! »

Elle nous a préparé des pizzas, une salade et un cake au citron. Je ne mange pas grand-chose, les filles un peu plus. Claire et Zélie ont l'œil vissé sur mon téléphone. Elles montent prendre leur douche après ça et enfilent leur chemise de nuit. Je reste dans la cuisine à écouter la maison. Honteux, rongé et affalé sur cette chaise.

Shooté à l'anxiété, ferré aux murs épais du passé. Piégé dans l'inertie, incapable de réagir, dépecé de toute perspective, je m'offre une nouvelle crise d'angoisse cinq étoiles et glisse un Valium sur ma langue pour fuir. Ça résonne dans cette pièce et je suis incapable d'émettre un son. Je le sais, les pierres ont leur langage de nuit ; quand on y prête attention, elles nous parlent.

Je dois revenir du large et m'échouer, reprendre mes esprits, me remuer.

Pour les filles, pour ma mère, et pour moi.

Les pierres de mon enfance m'écoutent. J'ai du lourd à leur confier, mais rien ne sort. Les vieilles maisons sont d'habiles confidentes, elles savent attendre le bon moment pour vous entendre.

Zélie est redescendue, elle voulait savoir si j'allais bien. J'ai tracé un sourire de survie. J'ai serré ma fille dans mes bras en rattrapant encore un peu des restes de ma dignité. En tripotant mon téléphone, elle m'a de nouveau posé la question :

— Tu es sûr qu'on ne peut pas l'appeler ?

— Oui, chérie.

— Mais pourquoi ?

— Tu sais bien que Maman travaille.

Elle a passé ses mains autour de mon cou, et elle est remontée dans sa chambre.

Je n'ai même pas craqué.

Elle est heureuse, je crois, d'être ici.

5

Bien sûr que je ne dormais pas. Noyé dans le passé, j'ai entendu le ronflement du moteur et me suis posté à la fenêtre : les phares de la Jaguar, comme deux soleils, fendaient la nuit au ralenti. Elle a claqué la portière et, encore une fois sûrement, oublié de retirer les clés du contact. Ses pas sur les gravillons cherchaient à se faire oublier. Ma mère, vue d'en haut, offrait à l'obscurité les copeaux de sa jeunesse perdue. Elle titubait mais restait digne, jeune fille rentrant au bercail après un bal bien arrosé, un rendez-vous ardent avec un prétendant, les cheveux décoiffés, les collants filés, le parfum des débordements et de l'exubérance. Paprika s'est déchaussée en sortant de sa voiture pour ne pas interrompre nos rêves.

Sauf que nous ne rêvons plus, nous attendons.

Elle aussi, peut-être qu'elle attend. Mais quoi ? Le retour de mon père, quelque chose pour la suite, un peu de ciel bleu, l'horizon ?

Elle n'a jamais manqué d'espoir.

Elle a dû faire une halte au salon, s'allumer une cigarette. Elle aime fumer avant d'aller dormir. Elle planque des paquets partout dans la maison, des paquets de clopes et des paquets de cartes.

Quand j'étais enfant, mes parents organisaient des parties de poker. Toutes sortes de gens défilaient jusqu'à l'aube, le rire de mon père terrassait la fatigue, il avait l'art de raconter les histoires, de tenir l'auditoire, de parler et de rire de tout, et de plaire à chaque convive. Les femmes rougissaient de bonheur à ses compliments, il savait capturer leur sourire, le transformer en éclat, en une phrase, en un mot, en un tour de main. Les hommes voulaient lui ressembler, certains auraient donné beaucoup pour un peu de lui sous leur peau. Ma mère veillait sur son homme, ce mari, cet amant, son ami, ce drôle d'animal magnétique. Elle était son alliée, exubérante, féline et d'un coup silencieuse. Ma mère lacérait la nuit à sa façon, en dansant.

Une faune bariolée tournait autour de la table, des élégantes aux bras d'hommes bien habillés virevoltaient. Parfois, un invité sombrait sur le canapé ; d'autres ne rentraient plus jamais après ça.

Les parents traversaient la vie en première classe, l'œil qui frise et le champagne au frais, vue sur le fleuve Amour. Mon père était dans les affaires, ma mère était dans son monde. Le soir, ils jouaient aussi du piano ou au backgammon en sirotant des Americano et toujours leurs rires trinquaient aux éclats l'un contre l'autre dans le flot ininterrompu de leur conversation. La nuit, les parents tiraient un trait sur le jour.

La nuit, les parents dansaient dans le salon.

Boire, fumer et vivre vite.

Ils aimaient recevoir et, quand ils sortaient, ne rentraient jamais avant le lever du soleil. Mon père dormait peu et repartait pour ses affaires en nous laissant mon frère et moi avec elle. Ma mère écrasait, tout habillée, sur le lit.

Mes parents se sont aimés comme des diables.

Une image revient souvent. Enroulée dans son boa à plumes roses, ma mère balance à son poignet une robe à franges Charleston, pieds nus sur la moquette beige.

Paprika pouvait danser pendant des heures. Le disco et la musique pop ont bercé notre jeunesse. Ma mère ne jure désormais que par le jazz.

Paprika aime les rosiers grimpants, les arbustes, les thuyas et les genévriers, l'odeur du chèvrefeuille, du jasmin, la couleur de la peau bronzée. Ma mère aime les voiles gonflées par le vent, le cœur qui palpite et l'impétuosité.

Depuis qu'elle a fait de cette maison sa résidence principale, depuis qu'elle s'y est réfugiée, elle vit ici à l'abri de la furie du monde.

6

Les heures blanches ont empêché la nuit. Je suis resté là sur mon lit à attendre, à chasser les images et à m'en vouloir de ne pas parvenir à dormir un peu. J'ai tenté de me retourner du bon côté du lit, vers là où Jeanne habitait nos sommeils, mais la place vide a empêché tout repos. J'ai cessé de gigoter pour tenter en vain d'épouser le calme du dehors. J'ai fumé à la fenêtre, utilisé la gouttière comme cendrier et je me suis penché sur la cuvette en attendant de vomir toute cette peine. Là aussi pour rien.

Le noir du dehors m'a rongé du dedans jusqu'au petit matin, sans que rien de ce que j'étais avant tout ça puisse résister à cette torture, sans qu'aucun argument valable vienne contrer cette violence, exige avec autorité de la panique qu'elle se taise enfin. Je me suis accroché à mes filles. Depuis mon lit, j'ai demandé à Claire et Zélie qui dormaient dans la chambre à côté de me prendre la main dans leur sommeil, de m'accompagner de toute la douceur dont regorgent les enfants pour venir me sauver du chahut. Monde à l'envers.

J'ai convoqué mon enfance, je me suis revu à l'âge des filles, le jour de mes dix ans, avec Marc. Il était assis sur le siège passager, trépignant, moqueur, en attendant son tour. Au volant de la Jaguar sur les genoux de mon père, j'étais fier. J'avais conduit dans l'allée ce jour-là et ma mère, les mains en porte-voix, m'avait crié de ne pas avoir peur et de foncer plus vite, encore plus vite, dans la vie.

Je suis revenu à moi. Encore une fois, j'ai eu honte d'en être là, d'être cet homme-là, ce père trouillard dépossédé de sa force, honte de l'étendue de mes faiblesses, enseveli sous les gravats des emmerdes. Honte de me retrouver à rebours de ma confiance, aux antipodes de ce capital inestimable que j'avais pris tant d'années à construire et que la vie m'avait confisqué brutalement.

J'ai pensé à l'avalanche, à la neige qui s'accumule dans la crevasse, à ce qui nous empêche de respirer sous les éboulements. J'ai eu envie de crier et de sauter par la fenêtre pour que tout s'arrête, mais les filles sagement bordées à côté m'en ont dissuadé. J'ai attendu sans bouger que le vent se calme, et j'ai prié encore un peu pour que leur mère me revienne.

On dirait que le ciel ne s'est pas rasé depuis trois jours. Des nuages cendrés tournent en rond au-dessus de nos têtes. Le marché se tient tous les samedis sur la place du village. J'aurais préféré l'attendre au Bar des Sports. Café, cigarette, journal, une parenthèse aux emmerdements ; j'aurais peut-être même bu un truc fort pour laisser Jeanne en dehors de tout ça et arrêter un peu d'y penser.

J'ai de faux airs de garde du corps ou de mort-vivant, tout dépend de la couleur des images fantômes qui me transpercent et de l'épaisseur des vertiges.

Paprika connaît tout le monde ; tout le monde connaît Paprika et son chapeau de paille au ruban bleu. Elle le porte depuis ses vingt ans et à chacune de ses sorties au village. Elle ne dit pas bonjour autrement qu'en riant.

Dans les bras du fromager, dans le cou du poissonnier, et dans l'œil triste du boucher, Paprika se régale toujours d'un bon mot et charge mon panier de victuailles. Elle refait de moi son petit garçon, m'infantilise exprès parce qu'elle trouve ça drôle de jouer à la mère maintenant qu'elle est grand-mère, ça lui rappelle « avant-hier », lorsqu'on partait tous les deux bras dessus dessous pour acheter le pain, ou des fleurs, plutôt des brassées de fleurs. Je sortais en cachette, une pièce de cinq francs de ma poche, que je glissais sur le comptoir du fleuriste qui savait et préparait pour ma mère sa rose préférée.

Je reste en retrait ; elle déroule son numéro parfaitement ciselé, demande des nouvelles à tout le monde. On dirait qu'elle est en campagne pour les élections. Ma mère aurait pu être maire. Tout le monde en rêve encore. Elle s'intéresse à chacun et retient les histoires de tous. Elle le répète à l'envi :

— La vie des autres vous éloigne de vos turpitudes. C'est excellent pour la mémoire.

Elle évite soigneusement les histoires de couple, l'intimité et les emmerdes de la chambre à coucher. Elle me l'a répété toute mon adolescence. On lave son linge sale en famille, pas sur la place publique. Ça tombe bien, on prépare la prochaine machine.

Tous les ans, c'est la même chose et, tous les ans, j'y reviens. Fêter Pâques en famille, c'est son idée. N'importe quel parent convoque ses enfants à Noël ou pour le jour de l'An, ma mère a instauré le jour de Pâques pour nous réunir, mon frère, mon père et moi. Oui, mon père.

Mon père et la fête du printemps.

Mon père et sa nouvelle femme.

Il sera là dans quarante-huit heures.

Avec l'autre.

7

Marc a garé son 4×4 devant la maison. Un sourcil levé, ma mère a poussé un soupir et s'est perdue dans la frondaison du tilleul pour ne pas l'assaisonner. Elle est capable de lui crever les pneus. Mais au vu des services que lui rend mon frère, elle préfère l'hilarité et lui parler gentiment.

— Devant tant de délicatesse pour la planète, merci de ne pas me boucher la vue sur le soleil couchant et d'aller garer ton carrosse ailleurs.

Marc s'exécute sans broncher.

Il parle vite.

Il a fait les questions et les réponses pendant toute la première partie du déjeuner. Son cabinet d'architecte, ses chantiers en cours, ses nouveaux projets, l'Urssaf et ses problèmes de personnel. Untel trop cher à virer, untel trop cher à engager, les charges sociales donc, les jeunes diplômés qui ne veulent plus travailler. Leurs vacances au ski, juste après notre réunion de famille. Y aura-t-il de la neige en cette saison ? Le risque du hors-piste, les bons résultats des enfants à l'école, la prochaine déclaration d'impôts de notre mère, son redressement fiscal, être de gauche et libéral, le gouvernement, les migrants, l'invasion de la médiocrité, la haine des autres sur les réseaux sociaux.

Sa femme n'a pas dit un mot.

Le visage un peu triste, Constance s'est contentée d'opiner du chef à chaque saillie de son mari tumultueux. Elle fait ça très bien, opiner. Constance est une jolie blonde, qui n'avoue jamais ce qu'elle pense au fond. Ses yeux verts sont deux étangs insondables, ceux de Jeanne sont deux clairières qui domptent la nature.

J'ai tenté d'oublier, d'esquiver cette douleur térébrante et mon cœur labouré de fragile. Et toujours cette honte.

Claire et Zélie déjeunaient à la table des enfants avec leurs cousins, Gabriel et Nicolas, les deux fils de mon frère.

Je me suis levé à plusieurs reprises pour aller les servir et me réfugier dans la douceur de leurs nuques.

Marc a attendu le fromage, relevé le col de son polo et commencé son interrogatoire sous cette lumière crue. Méthodique, mon grand frère voulait tout savoir : mon boulot, ma femme, mes projets à court et à long terme. J'ai pensé à tout ce qu'il faisait pour ma mère depuis le départ de mon père. J'ai pensé à notre lien, à notre enfance. J'ai ramassé des souvenirs, et, comme on dessine au fusain un rapide croquis, j'ai ouvert la sépulture de notre monde d'avant, tenté d'invoquer les vieux arômes de notre complicité, mais je n'ai trouvé qu'un vent froid. J'ai attendu qu'il termine son bombardement. J'ai tout inventé pour ne pas m'abîmer davantage. Les oreilles des filles sont des radars qui vont loin.

Tout allait bien. Vraiment bien. Mon travail. Les filles. Jeanne. Ma vie avec Jeanne. Mes amis et ma santé mentale.

Ma mère a fumé ses cigarettes en tentant de changer de sujet. Elle a demandé si nous serions d'accord pour tondre un peu devant la maison avant l'arrivée de notre père et de sa nouvelle femme.

— Ça serait quand même beaucoup mieux pour les hortensias.

Une lumière radieuse a adouci ses traits. Marc a promis. Je me suis levé pour aller je ne sais où. J'ai terminé dans la salle de bains. Je me suis rincé le visage à l'eau froide avec l'envie de crever.

Et j'ai refait l'histoire.

8

On peut parfois faire des Kapla avec les emmerdements. C'était il y a quinze jours. Le ciel avait retiré sa couvrante et le soleil bandait. La journée s'annonçait splendide, crâneuse même. Je suis arrivé à 9 heures au bureau sans me douter que la chance avait décidé de me lâcher pour de bon et pour en sortir à peine une heure plus tard. Une formule lapidaire a rayé de la carte quinze ans de vie commune avec cette start-up spécialisée dans les drones. Entre les parois de l'open space, où j'avais sué sang et eau pour faire décoller nos machines et nos affaires, avec bonheur, entrain, plaisir, passion et détermination.

J'adorais mon travail.

— Nous n'avons pas d'autre choix que de nous séparer de toi, Max. Au vu des circonstances, tu comprendras…

Visage rond, nez pointu, suant et pantelant, Christian, mon ami, mon frère d'armes et d'insomnies, regardait ses chaussures. Tout en obséquiosité, il a pris son élan.

— Max, oh ? T'es avec moi ? Bon, écoute, on a tous des problèmes à la maison, c'est la vie. Mais là, on en a un sacré au boulot. Max, tu m'écoutes ? On n'est plus compétitifs, les Chinois, la concurrence… Putain, on ne peut plus se permettre de rêver. Faut du sang neuf et des économies… Max, on est obligés…

Du sang neuf.

C'était donc ça. En un claquement de doigts, j'étais devenu trop vieux, trop cher, et surtout plus assez créatif. *OK boomer*, has been. Dépassé par ces geeks post-ados biberonnés depuis le berceau aux nouvelles technologies, dont l'un des plus beaux spécimens viendrait à coup sûr prendre ma place encore tiède.

Roulez jeunesse.

— Tu pourrais t'installer à ton compte et… je ne sais pas, donner des cours de pilotage…

Christian continuait de soliloquer mais je ne l'entendais déjà plus. J'avais tellement donné et tellement aimé ça… Cette boîte, ce travail, ma passion.

Il a repris son souffle et je n'ai rien senti.

— Je te fais grâce de tes trois mois de préavis. Tu peux passer prendre ton chèque à la compta quand tu veux... Je suis désolé.

Et, les yeux rivés sur ses mocassins à glands, il a quitté la pièce. Un client important l'attendait dans la salle d'à côté pour le brief d'un appel d'offres.

Je suis resté seul.

Après le tsunami, une mer de silence s'est ouverte devant moi. Il ne manquait plus que ça à la panoplie. Je n'en ai pas rajouté parce que c'était trop gros pour moi après Jeanne. J'ai eu envie de rire même, de taper sur mes cuisses, de me lever, de monter sur le bureau et de baisser mon froc, de faire le singe, d'ouvrir une bonne bouteille et de la vider cul sec, de danser en l'honneur de la fin du monde. Je n'avais plus de place pour encaisser la violence d'un licenciement, j'absorbais à peine celui que Jeanne m'avait imposé, là aussi sans préavis. Tout perdre dans la foulée, et ne rien réaliser, ça vous casse un bonhomme en mille morceaux.

Ça s'est fendu en moi, et je n'ai rien senti. Juste eu envie de rester dans cette mer de silence sans faire de vagues. Sans me poser de questions, sans chercher à comprendre plus que ça ce qui m'arrivait. Je verrais bien plus tard puisque j'avais tout le temps à présent.

Crucifié sur l'autel de l'innovation, incapable du moindre mouvement, je me laissais envahir par les souvenirs de l'époque où les affaires roulaient : nos soirées interminables à imaginer nos prototypes, nos premières machines, nos premiers vols, nos premiers succès.

J'ai tout juste entendu la queue de comète de cette phrase : « On a tous des problèmes à la maison… »

Je suis resté interdit sur la chaise à roulettes. J'ai fini par me lever, et par foutre le camp, sans me retourner.

Pour aller où ?

Dehors, mon cœur et mon cerveau ont recommencé à brûler, une cathédrale en feu. Je me suis mis à courir pour leur échapper. À courir vite, très vite. Et j'ai vomi sur le trottoir devant des passants effarés. Incapable de me redresser et de lutter contre la violence.

Voilà, Marc, voilà, mon frère, comment j'ai perdu mon travail. En moins de temps qu'il ne faut pour l'écrire. En un claquement de doigts. Ça n'a rien d'extraordinaire, cet ordinaire. Ça arrive à des gens tous les jours, ce genre de coup dans la gueule. La double peine ça n'empêche pas le monde de tourner. Au contraire, il accélère.

Forcément, je suis inquiet.

Forcément, je me demande comment je vais rebondir.

Forcément, je n'ose le dire ni à ma mère, ni à mes enfants, ni à toi.

Forcément, j'ai honte.

Mais c'est loin d'être le pire. Très loin.

Le pire, c'est l'hiver de Jeanne.

Son départ.

Voilà, mon frère. Tu sais presque tout.

9

Paprika fabrique les meilleures confitures du monde. Elle s'amuse et ça la détend. Elle expose ses pots sur son étagère, écrit des noms poétiques sur les étiquettes qui n'ont rien à voir avec les fruits, mais la racontent, elle. Elle convoque ses mystères, note les titres de ses livres et ses chansons préférés, les noms des capitales où elle a voyagé et celles où elle aimerait se rendre un jour. Sur ses pots de confitures, on trouve aussi ses antisèches pour le Scrabble. *Abdiqua*, *Cryptie*, *Dictiez*, *Erodium*, *Jacquard*. Presque tous les mots de sept lettres y sont consignés.

La liste est longue.

Assise sur une chaise en paille, elle ferme un pot, s'empare d'une étiquette et commence à y écrire le mot « Nouvelle ». Elle étouffe un cri, se met à rire très fort, et sursaute en se tournant vers moi.

Mon sourire est doux à cause du poison du Valium.

— C'est une confiture empoisonnée.

— Pour tuer qui ?

— À ton avis ?

— La nouvelle ?

— Ou ton père. J'hésite encore.

— Maman, ça fait cinq ans qu'ils sont mariés. Alors, nouvelle, nouvelle…

Elle allume une cigarette et commence à chanter :

— « Avec le temps, rien ne s'en va… »

Elle part dans un grand éclat de rire.

— Je plaisante, mon fils, je plaisante.

Je remonte m'allonger.

10

La séparation est une affaire de famille. Vautré sur mon lit, je le revois. Lui et ses arguties. Lui et sa passion pour la langue, les jeux de mots, ses blagues et son sens de la répartie, son panache en toute circonstance, cette confiance, capable de vous plier en deux de rire en une phrase, une simple saillie, un coup d'épée d'humour, ou de vous faire taire à jamais, de honte et de solitude. Mon père-phénomène et ses grands principes, ses chevauchées inépuisables, son sens de la démonstration. Que me dirait-il s'il savait ?

Que me dirait l'homme-verbe ?

Sa bouche magnifique s'ouvrirait en un sourire magistral, ses yeux pétillants se plisseraient devant sa proie avant de la dévorer, ses mains larges attraperaient mes épaules devenues fragiles pour mieux m'électrocuter de leur force tellurique et, bien ancré sur ses jambes, il me balancerait sa pulsion de vie. Pleine de gaieté, la voix de mon père me dirait de me remuer ; ironique, il m'ordonnerait de faire face ; sérieusement, il me dirait d'avancer, de rebondir, de ne pas me laisser aller, d'arrêter de m'inquiéter, d'y penser, de penser, de lâcher prise. Il m'appellerait à vivre, parce que, nom de Dieu, c'est facile la vie quand on fonce droit devant, sabre au clair, à travers les obstacles, en évitant les bombes, et en ne pensant qu'à soi. C'est facile la vie, quand on bouffe tout sur son passage ; c'est facile la vie, quand on refuse de prendre le temps d'être malheureux, et qu'on l'avale, carnassier, dans sa chair crue.

Je sentirai toute sa force, un peu de sa tendresse aussi sous ses éclats.

Les ogres mélangent toujours leur fracas avec un peu de miel.

Mon père a quitté ma mère du jour au lendemain. Enfin, c'est l'impression qu'il nous a donnée, même à nos âges, surtout à nos âges. On avait largement passé la trentaine.

On ne s'y attendait pas. On n'en est pas revenus, mon frère et moi. Personne n'a cru à cette annonce aux allures de désastre, le jour de ses soixante ans. Il a lancé les hostilités après avoir soufflé ses bougies, respiré un grand coup, et convoqué l'imprudence. Il a pris la parole pour tout nous expliquer, gourmand, espiègle, enfantin, sûr de lui : il était tombé amoureux d'une autre. Il allait devoir vivre avec elle. On allait l'adorer. Enfin, il comptait sur nous pour accueillir Céline comme il se doit.

Ce sourire.

Ah, Céline !

Mon père a précisé : il ne quittait pas ma mère, il était tombé amoureux d'une autre. De Céline.

Ah, Céline !

Distorsion du réel pour nous, évidence pour lui.

Détonation.

Entre deux mugissements, rassembler ses pensées.

En fait si, il partait. Un quart de siècle de moins que lui au compteur, la fille de son associé. Il l'avait vue grandir, elle ne l'avait pas vu vieillir. Notre belle-mère avait l'âge d'être notre sœur, et notre petite sœur de surcroît.

Quand ont-ils commencé à s'aimer ? Un matin, un après-midi, un soir, et puis deux ?

Il lui a demandé sa main avant d'en parler à sa femme. La petite a lâché un grand « oui ».

Personne n'aurait pu se douter que mon père serait un jour capable d'aimer quelqu'un d'autre. Aimer au point de quitter ma mère après trente-cinq ans de vie commune.

On ne devine jamais ces choses-là. Cette folie et cette foudre.

On est resté cloués là, mon frère et moi. Il ne quittait pas ma mère, il était tombé amoureux d'une autre. L'écho lugubre de cette phrase résonnera toute ma vie.

Dans l'embrasure de la porte, j'ai eu honte de lui.

Mais lui s'esclaffait, évoquant l'amour, la pureté, oubliant la violence.

Rien ne lui a été épargné. Ni les soupçons, ni les commentaires, ni la houle du regard des autres. Il a su tout dépasser, les a priori, le vertige de la différence d'âge, les claquements de porte. Mon père s'est montré inflexible, détaché, déjà loin. Heureux.

Jamais souffrir.

Et mon père a voulu divorcer.

Divorcer pour être clair, mettre son monde en ordre et foncer.

Tant pis pour les emmerdes, seule importait la beauté du geste.

Vivre grand.

On était priés de comprendre : il ne quittait pas ma mère, il était tombé amoureux d'une autre. Il transformait leur amour en une autre paire de manches. C'était la vie, et quand ça arrivait, il était important d'assumer, d'assumer jusqu'au bout.

Rien n'était grave.

On ne devine jamais ces choses-là. Jamais. Ma mère ne disait pas le contraire. Le jour de l'annonce de mon père, Paprika a accusé un sourire rassurant, elle a acquiescé et, mieux encore, l'a encouragé en déposant à nos pieds la couronne de sa vie de reine.

Elle a eu ces mots devant nous :

— Je remercie votre père pour tout ce qu'il m'a donné et apporté. Et je lui souhaite d'être heureux. Quand on aime quelqu'un, la moindre des choses est de le laisser partir avec élégance quand il choisit de se retirer. Personne n'appartient à personne, mes enfants. C'est la vie.

Mon cul !

Je l'ai appris juste après de sa bouche effrayée. Mon père l'a invitée au restaurant pour lui rendre la main qu'il lui avait demandée trente-cinq ans plus tôt. Le dîner aux chandelles était charmant et triste. Sur la nappe blanche, entre les chandeliers, à la lueur des bougies parfumées, dans le reflet de l'argenterie, se jouait leur drôle de fin qui était pour mon père un autre début, la naissance d'un lien transformé.

Plus tard, mon père m'a raconté que ma mère n'avait pas prononcé un mot dans la voiture. Elle a attendu de se déchausser, de s'allonger sur le canapé, que son mari envoie un air de Billie Holiday, lui serve un verre de son whisky préféré pour accepter sa demande et l'encourager à suivre son instinct. Elle était d'accord pour qu'il parte avec cette fille, puisque son cœur ne battait plus pour elle comme avant, et puisqu'un cœur ne se capture pas, ne s'enferme pas. Elle l'a embrassé une dernière fois et bu pas mal pour oublier.

Elle n'a jamais depuis rebouché la bouteille.

Ma mère a pris le parti de rire elle aussi de cette séparation. Quitte à en pleurer parfois.

Où vont les épines de la vie légère ?

J'ai su plus tard qu'elle s'était relevée lors de cette nuit si particulière et qu'elle n'était revenue que quarante-huit heures après. Mon père l'a cherchée partout. Personne n'a su où elle était allée déposer son cœur. Personne ne le saura jamais. Ma mère parle beaucoup mais se tait sur l'essentiel.

Le soir du mariage de son mari, Paprika a eu un accident de voiture. Sur son lit d'hôpital, elle répétait au médecin qu'un platane avait percuté sa bagnole. On avait ri de frayeur. Elle avait appelé l'infirmière pour lui demander du champagne.

Longtemps mon frère me l'a parié.

— Elle avait voulu se tuer après ça.

11

J'ai posé mon drone sur la fenêtre de ma chambre et j'ai fait décoller la machine. En quelques secondes, la maison vue du ciel est devenue un simple rectangle noir, ses habitants tout en bas de petits points qui s'agitaient. Le bruit du moteur était adouci par le vent. C'était parfait pour espionner. Mes doigts sur le joystick orchestraient au-dessous de moi ce panorama à 360 degrés ; les pupilles dilatées, j'avais l'impression d'être un aigle. Dans mon viseur, les filles couraient vers les communs, Paprika marchait au bord de la piscine, scrutant le sol comme un chercheur d'or. Au milieu de l'allée, Constance et ses garçons, Gabriel et Nicolas, dessinaient une drôle de ponctuation, presque un point d'exclamation. À quoi jouaient-ils, en file indienne ?

D'en haut le jardin ressemblait à une peinture de Rothko avec ses lignes de démarcation claires et sombres. Au milieu, courbé sur sa tondeuse, Marc suivait des lignes régulières pareil à un arpenteur, obsédé par la précision.

Prises de vues, prise de vie.

Les petits points formaient, vu du ciel, le théâtre arithmétique d'une existence innocente dénuée de sensations. J'éprouvais devant le spectacle de cette fourmilière qui s'agitait sous ma caméra une forme d'apaisement soudain.

J'hésitais à descendre pour signaler ma présence et capturer au plus près les traits et la vie des miens avec mon œil artificiel, mais j'ai reposé le drone sur le bord de ma fenêtre juste après avoir jeté un dernier coup d'œil sur mon monde en déréliction.

Marc a tondu la pelouse au carré et n'a pas résisté à l'appel du hamac. Son corps se balance entre deux arbres : une casquette sur le nez, mon frère sieste paisible. On dirait que le ciel peut tourner à tout instant. Sa femme diaphane veille sur son corps d'athlète. Il court le marathon en 3 h 30 et vient de se mettre au CrossFit, à la cuisine vegan et à la méditation.

Constance est plongée dans le lacis de ses mots fléchés, un œil sur son architecte de mari.

Je ne l'ai jamais entendue lui reprocher quoi que ce soit en public. C'est aussi ça, l'amour.

Les deux époux discutent par intermittence sous la brise légère. Quelques « mon amour » au compte-gouttes viennent troubler le silence.

J'arrive à eux chancelant. J'ai décidé de me remuer, d'aller chercher dans l'effort une sainte fatigue, quelque chose qui m'emportera après ça dans les limbes. Je veux dormir un peu, avant l'arrivée de mon père, pour encaisser son défilé de certitudes, ses grandes leçons, toute cette morgue. Je dois me ressaisir, arrêter d'imposer cet affligeant spectacle à mes filles, leur renvoyer autre chose que l'image d'un papa zombi, l'ombre de mon ombre, ce doute affreux, ce spectre de pantin désarticulé.

Mon frère a parlé d'un tennis, j'ai besoin de me défouler, je le relance sur la question. Son « oui » est immédiat. Nous prendrons son carosse. Ça ira plus vite que mon diesel à marmots.

Je m'enfonce dans le cuir de sa voiture neuve ; il recule mon siège en parlant à son tableau de bord et m'offre un sourire satisfait.

Marc roule silencieusement sur les gravillons. Un son cristallin, deux enceintes se dressent comme des tours de contrôle, entament les premières mesures de l'un des tubes de notre enfance. *Forever Young*, Alphaville. Été 1985, mes parents pouvaient danser tout un après-midi dessus.

D'un œil inquisiteur, Marc me demande si je m'en souviens. Je n'ai pas le temps de formuler ma réponse, mon frère zappe le morceau pour le *Life on Mars* de David Bowie. Toujours cette propension à tout contrôler.

— Je suis content de te voir, ose-t-il, enjoué.

— Moi aussi.

— T'as une de ces têtes ! T'as l'air crevé. Tu connais la dernière de ta mère ?

— Vas-y…

— Elle refuse de consulter pour ses tremblements et m'a demandé de lui installer une appli de rencontres sur son téléphone. Elle devient pathétique. Une appli de rencontres ! T'imagines ? À soixante-cinq ans !

En entrant sur le court, j'ai regardé mon frère lacer ses chaussures, impassible. J'ai pensé au grand frère qu'il était jadis, à mon admiration enfant pour lui, à l'adulte qu'il était devenu, à la métamorphose et à l'adjectif qu'il avait employé pour décrire notre mère. *Pathétique.*

Je me suis dit qu'il était loin du compte. S'il connaissait ma vie et ma situation avec Jeanne…

Cette phrase a voulu sortir de ma bouche : « Mon frère, si tu osais seulement gratter davantage. »

Il est des hommes qui, quand ils ont tout, et surtout pensent tout avoir, ne regardent pas plus loin que le bout de leur raquette de tennis, la motorisation de leur SUV et leurs bénéfices de fin d'année. On peut s'occuper des affaires courantes de sa mère, gérer ses impôts, sa toiture ou son abonnement SFR et ignorer les grands dossiers. Inutile de lui en vouloir. Inutile de chercher midi à 14 heures, même avec les siens. Surtout avec les siens.

Il a encore renforcé son coup droit, et les balles m'arrivent en rafale au rythme de son rire sardonique. Attiré par la trouée des arbres, je vois double, ma mère et ses tremblements. Ma mère et sa soif absolue d'alcool cherchent l'amour de substitution sur des sites de rencontres. À soixante-cinq ans, elle aimerait rencontrer son « Céline » pour rendre à mon père la monnaie de sa pièce. Peut-être que sa part d'ombre souhaite le rendre ivre de jalousie, lui tendre un bout de l'addition, qu'il comprenne ce que c'est d'éprouver l'absolue liberté de l'autre et d'encaisser ses choix en lui ouvrant grand la porte quand il s'en va, avec en prime une haie d'honneur.

Pourquoi tremble-t-elle ? Est-ce vraiment l'alcool et ses excès ou, cinq ans après le déluge, la stupeur intacte de cette séparation ? On peut partir et être quitté, on peut se retrouver privé de celui ou de celle qu'on aime le plus au monde, continuer de respirer et suffoquer toute sa vie après ça.

Les jours de ma mère sans mon père sont des nuits qui s'éternisent, c'est écrit dans son rire chaque fois.

Si c'est pathétique d'avoir mal à l'intérieur, de voir s'échapper ses souvenirs depuis qu'ils ne sont plus, d'aimer au point de vouloir le meilleur pour l'autre, quitte à le sentir au monde sans soi, alors ma mère est pathétique, je suis pathétique, nous sommes tous pathétiques.

Tandis que les balles de tennis tabassent ma raquette, tandis que je m'applique comme un apprenti à renvoyer ses sentences à mon frère, je prie le ciel gris au-dessus de la tête de mon adversaire de toujours le protéger de ce genre de fin, quand il ne reste qu'une joie de façade pour nous retenir de sombrer.

Je prie pour qu'il ne devienne pas comme nous deux et pour que ma mère s'accomplisse à son tour, au bras d'un garçon même plus jeune qui saura lui tenir chaud quand il deviendra trop dur pour elle de tenir sa position de belle excentrique. Je prie pour que Paprika reçoive un peu d'aumône de douceur avant d'entamer la descente, celle qui nous tend tous les bras un jour et qui, au rythme où vont les choses, s'annonce, pour elle, une sacrée pente à avaler.

12

Constance n'a pas eu le temps de lui poser la question. À peine descendu de son vaisseau à quatre roues motrices, Marc, le bras encore congestionné, lui a raconté son écrasante victoire.

— 6-1-6-1-6-0. Il n'a pas vu le jour. Pas vrai, mon frère ? On a la gagne ou on l'a pas, a-t-il conclu sur le ton de la plaisanterie.

J'ai gobé un autre Valium pour aplanir son arrogance.

Il m'a balancé sa serviette trempée avant de m'enlacer et de mimer, en reculant, un uppercut en direction de mon menton. Dans ses yeux rugissait quelque chose, une rage d'enfance, une nostalgie, celle de nos bagarres, de nos conneries aussi, qui amusaient tellement notre père.

Mon frère a été mon meilleur ami, cet inséparable compagnon de vacances quand les parents, pour être libres de danser tout l'été, nous expédiaient par le train chez un oncle, une tante, des grands-parents ou en colonie.

Je ne peux dater avec précision le moment où nos chemins ont commencé à se séparer, ni même affirmer qu'ils se sont vraiment séparés. Nous n'avons clairement pas la même vie, plus les mêmes envies, ni la même vision du monde, mais nous sommes encore liés par le mystère des souvenirs, la puissance de l'enracinement, et au moins par elle, par notre mère.

Nous entretenons de drôles de rapports, des rapports non réfléchis.

Et la vie qui nous passe dessus creuse la distance. Parfois, je me pose la question : qu'avons-nous fait de notre complicité, de notre amitié de frères ? Dans quel genre de décharge l'avons-nous jetée ? Comment avons-nous fait pour nous abandonner de la sorte, qui l'a décidé ? À la suite de quoi ? Nos mariages, la naissance de nos enfants, la téléportation dans un autre clan ? Est-ce la même histoire pour tout le monde ? Est-il possible d'imaginer vieillir sans abandonner dans un puits ceux qui nous ont vus grandir ? Comment renouer avec un frère que nous n'avons pas vu s'éloigner ? En quoi suis-je responsable de ce gâchis ?

On devrait organiser des séminaires avec les âmes de son enfance, prendre le temps de ne pas tout oublier, d'aller forer au fond de soi, de moissonner pour y retrouver ceux qui ont compté, quelques bonnes raisons de vivre ensemble encore un peu.

Et puis les jours de pluie, les matins d'amertume, j'en arrive à cette conclusion : si l'on attend d'avoir du désir pour retrouver ceux qui ont grandi à nos côtés, on perd du monde de vue. C'est dommage ou c'est tant mieux. Non, c'est dommage.

La rancœur, c'est toujours un dommage.

C'est l'heure du dîner. Assis autour de la table, le rire de Paprika, les tagliatelles, le vin, une salade du jardin, un plateau de fromages. Je choisis encore une fois de garder le silence, fixe le visage émacié de mon frère qui regarde ma mère parler avec mes filles, cherche à capter son attention. Marc déteste la solitude. Il caresse la main de sa femme, sûrement pour se rassurer ; je cherche encore celle de Jeanne.

Ma mère s'intéresse à chacun de ses petits-enfants. Elle s'adresse à eux comme à des rois-soleils. Les enfants se reconnaissent entre eux. Ma mère est une enfant de soixante-cinq ans.

Marc fronce les sourcils, sort son téléphone et prend un air important. Il se lève de table, et avant de s'éclipser lâche une explication :

— Une urgence à l'agence, un appel d'offres à tout casser, le chantier de ma vie.

L'heure du dîner ne compte plus dans ces cas-là.

La conversation dure huit minutes, et Marc réapparaît, l'air satisfait.

— Une entreprise ne dort jamais ; c'est la clé. Un patron se doit d'être toujours joignable.

Mon frère oublie souvent de demander pardon. Je crois que je m'en fous. Des gagnants, des patrons, des appels d'offres et des excuses. Depuis que j'ai perdu mon travail, encore plus. Je me ressers un autre verre de vin.

Je pense à tout avouer, y compris à mes enfants.

— J'ai perdu mon travail, je me suis fait virer en trente secondes chrono. Comme tout le monde, et ce n'était pas le moment. Ce n'est jamais le moment, n'est-ce pas ?

Marc ne met pas longtemps à revenir au pas de charge.

— Et sinon quelqu'un a eu Papa récemment ? Comment va-t-il ?

— Tu lui poseras la question demain, réplique ma mère en chantonnant.

— Et Jeanne, quelles sont les nouvelles ? Comment va ma belle-sœur adorée ?

Les filles ont la délicatesse de répondre à ma place.

— Maman va bien. Maman travaille.

13

Ma mère s'est mise au piano avec son verre de whisky pour chanter cette chanson italienne faussement gaie qu'elle affectionne. *Via con me* de Paolo Conte. Dehors pleut un monde froid, dedans les enfants dansent. Marc bat la mesure dans les bras de Constance, il lui touche les seins et allume un cigare.

À quoi pense-t-il au fond ?

J'ai mal au crâne, et même si je n'espère plus le sommeil, je préfère regagner mon lit, la chambre bleue et son papier peint coquelicot. J'attrape la télécommande ; le poste de télévision sans âge grésille, l'image est d'abord floue puis devient nette. Je prends le reportage en route. Un homme aux traits tirés se confie face caméra. Il s'appelle Guy mais a une tête de Stéphane, un air cabossé. Il parle dans sa barbe, s'emmêle les pinceaux, hésite, se reprend, hésite encore et se lance d'une voix étranglée. Le caméraman zoome sur lui ; il m'apprend qu'il n'a pas eu trente-six solutions que de se retrouver là, chez ses parents, trente ans presque jour pour jour après avoir quitté la maison, pris son envol, croisé l'amour et pas mal de crédits.

Comme lui, précise la voix off, chaque année des centaines de quadragénaires et de quinquagénaires se retrouvent sur la case départ. Leur point commun ? Les revers de fortune, les accidents de la vie. La voix off prend son temps, décortique chaque mot, poursuivie par le filet d'une musique angoissante. Ces hommes ont perdu leur travail, ces hommes ont basculé. Tout s'est ensuite enchaîné : leur femme les a quittés, ils ont perdu leur logement, ils se sont retrouvés à la rue, ou plutôt ils se retrouveraient sur le trottoir si leurs parents n'étaient plus en état d'accueillir de nouveau leurs enfants devenus grands et vieux en un claquement de vie. Choc des cultures, choc des générations.

L'amour et le CDI sont de fausses promesses. Quand l'un lâche, le reste suit souvent. Le bonheur, c'est de l'horlogerie suisse, « Je ne t'aime plus », « Nous n'allons pas pouvoir vous garder ». Une rupture amoureuse est un licenciement, un licenciement est une rupture, l'amour n'a parfois rien à voir avec ça. Est-ce que j'aimais encore mon travail ? J'avais eu une passion avec lui.

C'est sûrement la fatigue. J'ai de plus en plus l'impression que ces témoins s'adressent à moi, le montage putassier des séquences de misères qui défilent commence à sérieusement m'angoisser. Je pourrais zapper, éteindre et prendre un livre, penser à autre chose, essayer au moins. J'ai peur d'être ramené à Jeanne.

Je suis hypnotisé. Un type sort de son pavillon ; sa mère lui crie dessus, il n'a pas l'énergie de répondre, il part vers la place du village rejoindre le tabac pour acheter son paquet de cigarettes et ses jeux de grattage. Ça lui coûte une fortune chaque jour et ça énerve ses parents, toutes ces dépenses. Sa mère ne comprend pas l'intérêt de dilapider son argent au PMU. Ils verront bien quand il aura gagné au loto ! Ses parents n'ont plus l'âge de voir dériver leur fils, d'assister en direct au naufrage d'une vie, à une autre détresse que la leur, qui leur coûte déjà affreusement.

Et si cela m'arrivait ? Si moi aussi je devenais ce type triste et barbu, amorphe et titubant dans son chandail trop grand, amaigri par la violence d'un licenciement, d'une rupture, ou des deux ? Est-ce que ça me pend au nez ?

Oui, ça me pend au nez. J'y suis même, à fond, les deux pieds dedans.

Et si je n'étais pas là que pour passer le jour de Pâques en famille, voir débarquer mon père et sa nouvelle poupée, consoler sans dire un mot ma mère de son chagrin ? Et si je revenais pour vivre ici avec elle justement, jusqu'à l'automne et même l'hiver, toute l'année, définitivement ? On deviendrait quoi, elle et moi ?

Et les enfants ? Où sont les enfants, enfin les petits-enfants, les enfants des enfants qui reviennent, une main devant, une main derrière, s'abriter chez leurs parents avant de couler parfaitement ? J'attends. La caméra ne les montre jamais. Il n'y en a pas dans ce reportage. Il y a ce type qui pleure sans larmes quand il parle et plisse le front, il y a ce type qui marmonne, l'autre absent à lui-même, celui qui sourit, nigaud, défoncé peut-être aux médicaments, aux jeux de grattage et au PMU. Que faut-il absorber pour tenir le coup quand on revient des années en arrière avec le poids de ses échecs sur le dos et les stigmates de tous les coups reçus par cette vie ? Quel est l'antidote au naufrage ?

Le reportage passe d'une existence à l'autre, croise les parcours de ses protagonistes, mais chaque histoire n'est que l'écho de la précédente, chaque chute la décalcomanie de la suivante.

Je trouve enfin la force d'éteindre.

Je ferme les yeux, la scène défile.

Loser. J'ai tout perdu moi aussi. Mon travail et ma femme, ma femme et mon travail. Je vis chez ma mère. Nous cohabitons. Elle joue très tard au piano. Nous buvons toute la journée en nous racontant des histoires décousues entre deux Valium. Celle de Jeanne. Celle de mon père. Nos versions sont douteuses. Elles ont un goût de médicament.

La vie sous anxiolytiques est sans oxygène.

Ma mère tremble, et je tremble à mon tour.

14

Je sombre, enfin, un peu, d'un œil. Jeanne est avec moi dans ce bout de rêve éveillé. Nous ne nous lâchons pas d'un centimètre, elle m'embrasse, je la serre dans mes bras, je la colle ; elle me sourit, nous rions, je lui cours après dans le jardin, qui ressemble au jardin du Luxembourg à Paris, et il nous faut du temps après une partie de cache-cache avec les filles pour retrouver la maison, qui, elle, ne ressemble pas au Sénat, mais à l'un de ces petits pavillons toujours loin dans cet immense jardin.

Je réussis à m'endormir vraiment, mais je suis réveillé par mon frère. Quel con. Il a pris la chambre du dessus. La chambre rouge est restée rouge, elle. Le lit grince quand on fait l'amour. Marc et Constance font l'amour, le lit grogne. Ma belle-sœur gémit, mon frère pousse des râles ; on dirait qu'il en rajoute, ou peut-être que je suis mauvaise langue. Ou jaloux, jaloux et frustré. Si Jeanne était là, on pourrait répondre à la chambre du dessus, on pourrait les réveiller nous aussi, on rirait sûrement de cette éventualité. Je proposerais à Jeanne l'amour en canon. Un canon de Pachelbel.

Quel genre de couple fait l'amour chez ses parents ? Ça demande un sacré cran. Jeanne me mettrait la main sur la bouche en me suppliant de me taire, de ne pas jouer à celui qui jouit le plus fort avec mon frère et ma belle-sœur, parce que ce n'est pas un jeu, parce que ça ne se fait pas et que dans la vie on respecte les désirs des chambres du dessus même quand le lit grince comme un TER.

Et elle pleurerait de rire en me disant ça et je serais prêt à tout pour l'entendre encore, à monter en douce jusqu'à leur chambre, toquer à leur porte et les menacer d'appeler la police pour tapage nocturne, et Jeanne crierait dans l'escalier qu'elle est navrée d'avoir un mari aussi dingue, elle s'excuserait mille fois pour le dérangement. Ma femme m'ordonnerait à voix basse de revenir dans notre chambre et de lui faire l'amour sans un mot. Dans ce silence.

Je fume une cigarette en regardant mon téléphone. Twitter donne envie de vomir. J'ai besoin de me rendormir. Dans mes favoris, le premier numéro est celui de ma femme. Les filles ont ajouté un cœur à côté et une étoile aussi.

Demain, je partirai tôt. Elle est à trois quarts d'heure de route.

Je serai de retour pour le déjeuner.

15

Paprika est déjà levée. Elle tient son thé de ses deux mains, un châle bleu couvre ses épaules, elle est assise dans sa chaise longue. Le jardin est un peu humide, la brume du matin se dissipe. Entre les arbres, des reflets argentés, on dirait que les fantômes rentrent se coucher. Les mauvaises herbes ont poussé au bord de la piscine encore bâchée en cette saison, un tapis de pâquerettes est arrivé pendant la nuit. Ma mère épie ses jacinthes et ses épis de forsythia. À quoi songe-t-elle ?

— J'ai envie d'une cigarette. Nous déjeunerons dehors. Ton père adore ça. Et il va faire beau. Il a vraiment du pot, celui-là. Un pot de cocu, même.

— Je serai de retour pour le déjeuner.

— Tu es sûr que tu tiens à aller là-bas ?

— Maman, on en a déjà parlé.

— C'est juste pour vérifier.

— Occupe-toi des filles.

— Promis, et à ce propos tu devrais peut-être leur dire la vérité. « Maman travaille, Maman travaille », c'est bien gentil mais…

— Mais ?

— Ce n'est pas vrai.

— Occupe-toi des filles, s'il te plaît.

— Ne t'inquiète pas et fais attention à toi. La route s'entend très mal avec la peine folle.

16

Je suis remonté vérifier que Claire et Zélie n'étaient pas réveillées. Je n'ai pas osé entrer dans leur chambre, j'ai juste écouté à leur porte. Je ne les ai pas prévenues, je ne me voyais pas leur expliquer ; ma mère trouvera bien une idée pour justifier mon absence. Deux heures, deux heures et demie. Je monte dans ma voiture. Je croise ma tête dans le rétroviseur, ces cernes noirs, deux traces d'encre sous les yeux. Deux balafres d'ombre dont je ne parviens plus à me débarrasser. Ce goût de médicament dans la bouche, l'envie soudaine de dormir enfin.

« Ce n'est pas vrai. »

La phrase de ma mère résonne. J'allume la radio. La voix du journaliste, le délabrement du monde. Pas la force de m'imposer cette litanie. Je cherche une station musicale, j'espère un morceau de jazz. Mon autoradio patine, ça ne capte pas bien par ici, la campagne est sourde à la modernité. Par chance, le GPS a l'air d'accord pour m'emmener. J'ai près de 60 kilomètres de départementales à avaler. Il m'évitera de penser à mon itinéraire, sa voix métallique me guidera à chaque rond-point et me tiendra éveillé si je pique du nez.

J'ai mal au ventre, j'ai mal au dos, j'ai mal au cœur et je n'ai plus rien à vomir.

La route fend proprement un paysage bien peigné. Des champs, des bosquets, des lieux-dits, des hameaux, des villages. Certains sont fiers et fleuris, dominés par d'anciennes bâtisses, des fermes en activité, d'autres embaument le parfum de l'abandon, des maisons comme des spectres ont poussé là un jour. Comment, pourquoi, jusqu'à quand ? La route se moque du décor désolé, je trace sous le ciel de printemps. Mon regard se perd dans la monotonie du paysage, je suis ailleurs, un peu, déjà, tout à elle.

Je croise et recroise les mêmes zones commerciales ; chaque fois, ces répliques sont proprement dispatchées de chaque côté de la route, structures artificielles et sans histoire, ornées ici et là de quelques panneaux lumineux.

Première partie

La main de l'homme a construit ces empilements d'enseignes posées sur des hangars interchangeables pour prétendument simplifier la vie des gens. Hypermarchés, drive, stations-service, parkings et concessionnaires automobiles, fast-foods et articles de sport, Bricorama contre Leroy-Merlin, Jardiland contre Decathlon, Auchan contre Leclerc, pompes funèbres et salons de coiffure.

Une certaine idée du paradis.

J'ai déjà bien roulé. La nationale est presque vide, je vais beaucoup trop vite, je n'évite pas le flash du radar, je suis déjà là, pressé.

Dans deux sorties, je serai enfin près de Jeanne.

Elle ne le saura pas.

Je n'ai pas le droit de la voir mais j'ai besoin de la sentir.

17

Un mur d'enceinte enserre la propriété. Des tiges en fer et des tessons de bouteille dissuadent les curieux de l'escalader et les oiseaux de s'y poser. Un portail blanc barre la route. Une guérite oblige les visiteurs à se signaler. Une voie est réservée aux ambulances ou aux pompiers. C'est écrit en gros sur le panneau. « Merci de rouler au pas et de respecter le calme des résidents. »

Je m'arrête juste avant et gare ma voiture sur le bord du fossé. J'ai besoin de m'approcher le plus possible. Tenter d'imaginer Jeanne, c'est tout.

J'ai pris mon drone avec moi.

J'ai bien envie de l'envoyer survoler l'établissement, explorer, longer furtif la zone, insoupçonnable, dérober des bouts de Jeanne et l'apercevoir dans mon œil de verre peut-être, allongée là sur son lit, endormie.

Je sors le matériel, pose l'aéronef noir à mes pieds et finalement renonce à activer les rotors de mon oiseau de métal.

Une immense fatigue me gagne. J'ai le sentiment d'être un vautour, et c'est tout.

Je voudrais la rejoindre, être ce magicien-là ; moi aussi, j'ai besoin de repos. D'une cure de ma femme et d'une cure de sommeil.

L'endroit s'appelle « Les Colibris » et ce nom me fait sourire, c'est comme ça qu'on nomme les maisons de retraite d'habitude.

Jeanne est arrivée ici il y a vingt et un jours, une semaine avant mon licenciement. Ma femme ignore que j'ai perdu mon travail.

Ai-je perdu mon travail à cause de Jeanne, ou Jeanne à cause de mon travail ? Si j'avais été plus présent, tout cela ne serait peut-être pas arrivé et tout aurait continué comme avant. Qui sait ? Ces questions me torturent plus qu'elles ne me sont utiles. Et ces questions reviennent sans cesse.

Personne n'a le droit de venir la voir. Surtout pas moi.

Devant « Les Colibris », tout est calme et tout semble déjà mort. Aucun oiseau ne chante. Aucun vent ne bruisse.

Je pense à m'écrouler là.

Première partie

Je m'allonge un peu et, face au ciel, j'attends que quelque chose se passe.

Les nuages me traitent de chômeur et sourient.

Bien sûr, rien ne vient.

18

Écrire le temps du bonheur est une saloperie d'exercice. Cette époque ne rentre dans aucune chronologie ; elle est constituée après coup d'images, de souvenirs, d'éclats que la mémoire, la peine aussi, sélectionnent et propulsent à la surface, corps noyés dans un plan d'eau. Lorsqu'on réalise la chance qu'on a eue, il est par principe déjà trop tard pour revenir en arrière.

Je pense à ça en tournant le dos aux « Colibris ». Que font les pensionnaires là-bas toute la journée ? Je me souviens de cette phrase du toubib quand je lui avais posé la question.

— Dans une maison de repos, ceux qui dorment réparent leur avenir.

Alors j'imagine qu'aux « Colibris » on dort et on gobe des médicaments pour dormir. On attend que la chimie agisse et vous assomme un grand coup, pour enfin tourner la page, dos aux intempéries, et ouvrir, en sortant, un nouveau chapitre.

J'aimerais au moins l'apercevoir.

Comment est la chambre de Jeanne ? De quelle couleur est-elle ? À quel étage se trouve-t-elle ? Jeanne récupère-t-elle un peu ? Est-elle encore prisonnière de sa vie coupée en deux ? Parviendra-t-elle à se libérer ? Et que décidera-t-elle à la fin ?

— Je ne quitte pas votre mère, je suis amoureux d'une autre.

Jeanne était là le jour où mon père nous a annoncé la nouvelle. J'ai trouvé ça minable qu'il s'abrite derrière une formule alambiquée. Je n'ai pas compris ce qu'il voulait dire, ce qu'il ressentait, je n'ai pas cherché à savoir, je n'ai pensé qu'à elle, à ma mère qu'il abandonnait, je n'ai pensé qu'à moi, vieil enfant désolé constatant impuissant que son père n'avait pas tenu la distance et lâchait la course après trente-cinq ans pour retrouver et l'élan et l'envie, un bout d'atome de sa jeunesse perdue.

J'ai avalé de travers quand il a sorti ça. Je me suis levé, j'ai eu envie de lui mettre mon poing sur la gueule. La main de Jeanne est venue me calmer. Son souffle chaud m'a réconforté. J'ai lu dans ses yeux qu'elle avait compris ce que les mots de mon beau-père signifiaient. Je me suis rassis, calmement. Elle n'a pas commenté l'annonce, elle s'est contentée de sourire.

Mon frère était sur son portable. J'ai cru qu'il ne s'était pas senti concerné. Il a attendu que le silence revienne. Que mon père reprenne son souffle après son annonce, juste pour murmurer :

— Je pense que Jeanne a raison.

Ma mère a éclaté de rire encore une fois. Et Paprika a fermé le ban en chantant :

— Jeanne a toujours raison.

Tout le monde a ri.

Même Constance.

Il y a cinq ans, lorsque mon père a eu cette formule magique, j'ignorais qu'il me préparait à encaisser, des années plus tard, le cœur ravagé de ma femme. L'ironie dramatique de l'existence.

Peut-être qu'allongée sur son lit Jeanne y pense aussi.

Un soir à l'orée du printemps, elle a repris les mots de mon père à son compte.

Je dormais, et les filles aussi, quand la terre a tremblé.

19

Le soleil tonne, la nature explose, le parasol est déplié. Sur la terrasse, Marc et Constance terminent de mettre la table. Ma mère chante dans sa cuisine, les filles cueillent un bouquet de fleurs. Personne ne me pose la moindre question sur mon absence.

Le téléphone de la maison sonne, je sursaute, et j'ai soudain un flash. Je pense à la gendarmerie, à cette voix qui m'a averti qu'on avait retrouvé Jeanne au pied de la falaise.

Ce n'est que mon père qui prévient. Il a une bonne heure de retard. Il est désolé, comme toujours, et se réjouit. Ils arrivent.

Ma mère se sert un whisky. Je sors un verre, j'ai besoin d'un remontant.

L'image remonte, un peu floue d'abord, puis se fait nette. Je revois Jeanne le jour de notre première rencontre, ce matin de juillet dans sa robe verte.

La première fois que je l'ai vue, j'avais l'œil dans mon écran de contrôle, planté dans un champ où je tournais des images de promotion pour faire décoller les ventes de notre nouvelle machine, l'un des tout premiers drones entièrement conçu et produit en France. C'est moi qui pilotais l'engin, et à l'époque les bons pilotes ne couraient pas les rues. La fille choisie pour le spot s'était désistée, et on avait dû trouver un plan B au dernier moment. Christian connaissait une jeune comédienne qui démarrait et courait les cachets. Il l'avait jointe en catastrophe, elle avait pris le premier train. C'était sa cousine. C'était Jeanne.

Le rôle était simple : courir dans une prairie, filmée d'en haut par la machine.

Jeanne irradiait. Je la pourchassais, piquais vers elle comme un rapace et remontais le plus haut possible vers les nuages.

Je suis tombé dans ses bras au troisième rendez-vous. Après le tournage, à Paris, dans un bar. Je n'ai pas osé l'embrasser, c'est elle qui s'est dévouée… parce que je ne sais pas faire ce genre de chose en premier.

Je ne la vois pas approcher. D'abord, Constance hésite et puis, en attrapant la carafe d'eau sur l'étagère, elle se lance et me parle du dernier film de Jeanne. Celui qui est sorti l'année dernière et qui a enfin fait décoller sa carrière. Elle a fini par le voir en VOD, tranquillement installée sur son canapé. Elle trouve que Jeanne crève l'écran. Vraiment. C'est fou. Que de chemin parcouru. Elle est si heureuse pour elle, pas étonnant qu'elle soit si demandée depuis et travaille autant après ça. Constance n'en démord pas, Jeanne aura sûrement un prix un jour.

— C'est obligé !

Elle le mérite. Ça serait « formidable » qu'elle monte les marches de Cannes. Est-ce que je connais la Croisette ?

La femme de mon frère me parle d'une tante, d'un appartement pas loin si jamais, et vite se reprend.

— C'est idiot, les acteurs qui descendent à Cannes dorment toujours dans un grand hôtel.

Je confirme.

Constance ajoute :

— Des hôtels magnifiques avec des salles de bains en marbre.

Plus rien ne l'arrête. Comment Jeanne a-t-elle « géré » cette pression, face à une telle star ?

Enfin, cet acteur, le grand acteur, quand même, ça écrase, tous ses films, ce palmarès. Il est sympa, au moins ? Intéressant ?

En tout cas, il est vraiment pas mal. C'est un bel homme.

Constance continue sur Jeanne, sa performance, son naturel, ses tenues, sa coiffure. C'est curieux, quand on connaît les gens, de les voir devenir quelqu'un d'autre sur un écran. Alors elle imagine qu'être marié avec une actrice, ça ne doit pas être facile tout le temps.

— Si ? Tu trouves que…

Constance ne termine pas ses phrases.

— Enfin, Jeanne est un sacré personnage.

Elle enchaîne, me pose des tas de questions. Est-ce que Jeanne a eu du mal à sortir de son rôle ? Est-ce que Jeanne a été aussi bien payée que le grand acteur ? Constance insiste sur l'importance de l'égalité salariale, digresse sur des actrices à Hollywood qui…

Je n'ai pas la force de l'écouter jusqu'au bout. Je repense au Festival de Cannes, au grand hôtel, à Jeanne avec le grand acteur.

Aux commandes de mon drone, je les suis en toute discrétion. Regard vertical, ubiquité, je suis là sans y être, d'en haut ; petit satellite au cœur brisé, je les poursuis à distance. Ils sont ma cible et je les trace.

Voir sans être vu, se fendre et fendre l'espace, immersion. Je suis ce témoin invisible, je les suis dans les escaliers de service d'un hôtel – est-ce le Marriott ou le Martinez ? Ils galopent dans les couloirs en robe du soir et smoking sans se douter que je suis derrière eux, camouflé. Ils rentrent dans leur chambre après la projection. Boivent du champagne. Je suis à la fenêtre en vol stationnaire, je ne lâche pas ma cible : quatre bras, quatre jambes, deux corps, deux coordonnées GPS sur mon écran, et les ombres immenses sur les murs. Je peux, je veux tout voir, poursuivre cette poursuite, d'en haut, ne rien m'épargner de ce qui m'écrase en bas, suivre et survivre, essuyer l'affront. Voyeur omniscient, je les vise.

Ils sont dans la salle de bains en marbre. Jeanne balance ses chaussures à travers la pièce et saute sur le canapé de la suite quand Constance me demande si ça va.

J'ai l'air ailleurs tout d'un coup.

Je le suis.

— Enfin, tu lui diras que j'ai vraiment beaucoup aimé. J'ai essayé de la joindre, elle n'a pas répondu à mon message. Elle est très occupée maintenant… ce succès.

Constance remplit la carafe d'eau. Elle baisse la voix. Elle tient à ajouter quelque chose :

— Tu dois être tellement fier et heureux pour elle.

Sa frange lui mange les yeux. Ma bouche est redevenue sèche. J'ai terminé mon whisky.

— Oui, très. Vraiment très fier.

20

Dans « adultère », il y a « adulte ». L'adultère est une terre d'adulte.

J'étais encore un enfant taillé pour l'éternité quand ma femme est partie.

C'est dix ans après notre rencontre que tout s'est compliqué. Quand sa carrière a vraiment décollé, qu'elle a tourné avec lui et qu'elle est tombée amoureuse.

Le parfait cliché.

Cette histoire d'amour l'a anéantie.

Cette histoire d'amour nous a désintégrés.

J'étais l'un des meilleurs pilotes de drones, quand ma vie s'est crashée.

Fuck you !

21

Jeanne est dans le salon, elle parle au téléphone avec son agent. Les filles lui tournent autour. Je ne remarque pas les fleurs dans le vase bleu. Les tournesols. Je suis habitué à voir des fleurs dans la maison. Jeanne aime les pivoines, les tournesols et le lilas, les roses blanches. Je sais ça. Un soleil ocre frappe au carreau, des crevasses de lumière se répandent. Je viens de rentrer. Je pars demain pour tourner des images en Afrique du Sud avec un nouveau prototype, un drone encore plus puissant dont j'ai supervisé la fabrication. C'est mon projet, cette machine. Je suis comme un gosse qui va réaliser son rêve et je ne me rends compte de rien. Depuis que Jeanne a terminé son film, elle est radieuse et affreusement gentille avec moi. Elle ne me regarde pas, elle me dévisage. Je suis absorbé par mon travail. Je suis pendu au téléphone, j'envoie des SMS toute la soirée à l'équipe qui part avec moi, je rêve de plans majestueux, de vols stationnaires au-dessus de plages paradisiaques. Je ne me rends compte de rien.

Jeanne veut que je lui fasse l'amour, et je n'ai pas la tête au corps de ma femme.

Jeanne garde son secret pour elle.

Encore un peu.

Je ne me rends compte de rien.

Et je m'exécute.

22

— Ta mère travaille tout le temps.

— Ma mère est comédienne. Elle joue dans des films.

— Oui, mais là, c'est les vacances. Elle ne rentre jamais chez toi ?

— Elle est en tournage.

— Ta mère, c'est ton père alors ?

Un seul regard suffit. Claire et Zélie s'arrêtent net. Les fils de mon frère détalent. Tout le monde a l'air figé, tout le monde attend mon père. Marc est plongé dans son téléphone, Constance vérifie que rien ne manque sur la table. Ma mère est dans la cuisine, elle surveille son agneau pascal et en appelle aux dieux du ciel. Les enfants surgissent, ils piétinent et réclament l'ouverture de la chasse aux œufs. On doit attendre leur grand-père, c'est lui qui est en charge des chocolats. Chaque année, c'est le même cinéma, ses bras débordent. Il en fait trop.

Ma mère appelle Céline « la cloche ». Marc est à deux doigts de la rembarrer. Tout le monde se marre.

— On ira les cacher juste avant de passer à table, et on lâchera les fauves au moment du café.

Marc et son sens de l'organisation. Paprika a ses yeux noirs inquiets, elle veut de la musique, s'étourdir de bruit pour ne pas donner l'impression qu'elle l'attend. Quand elle est avec mon père, elle se réfugie, se camoufle dans la désinvolture. L'indifférence des éconduits est la marque des grands déchirements. Marc cherche un disque de jazz dans la bibliothèque ; je prends les devants sur la platine du salon, attrape un vinyle au hasard.

« Les histoires d'amour finissent mal en général. »

J'ai envie de crier.

Paprika envoie un « génial ! » en attendant le rythme des Rita Mitsouko. Depuis ses fourneaux, elle attrape ses petits-enfants par les mains et les entraîne dans une danse en sautillant. Danser encore la rend légère et joyeuse, mais je le sais, au fond, elle est triste à mourir.

Je suis le seul à entendre le bruit du moteur. Je peux sentir mon père arriver à deux kilomètres.

La voix de Céline est étouffée par le vent.

Paprika sort de la ronde, s'écarte de ses petits-enfants, et reprend un peu de whisky. Sa main recommence à trembler.

Marc la fusille de toute la noirceur du monde. Constance est la dernière à s'en rendre compte, et la première à donner le signal.

— Je crois que votre père arrive.

Ma mère soupire.

— La belle affaire.

Deuxième partie

23

L'avion se pose avec trois heures de retard. Je préviens Jeanne avant la douane. Elle me répond de ne pas m'inquiéter. Le taxi veut engager la conversation. J'évoque du bout des lèvres l'Afrique du Sud, Le Cap et les maisons bariolées, la montagne de la Table et le téléphérique, les plages à perte de vue, la mer. Je ne parle pas de mon métier, de ma passion pour les drones, de la révolution que promettent ces oiseaux mécaniques, de mon projet fou. De cette machine que j'ai conçue, et dont je suis fier et heureux.

Il finit par se taire aux abords de la capitale. Je ne veux pas écouter les informations, j'ai besoin de calme. Les contours de la ville s'effacent, je suis ailleurs, avec Jeanne, déjà.

Elle me surprend en ouvrant la porte, je reste bouche bée sur le paillasson.

— J'ai couché les enfants et débouché une bouteille de vin.

Jeanne s'est coupé les cheveux et arbore un carré court.

— Ça te plaît ?

C'est pour un prochain rôle, enfin peut-être, elle a passé des essais. Alors pour convaincre, être le plus crédible possible, elle est allée chez le coiffeur sans mégoter. C'est temporaire, ils repousseront vite. Ça l'amuse, ce coup de tête. Je confirme que ça lui va bien, me dis qu'elle aurait dû attendre d'être prise, que j'aurais aimé qu'elle m'en parle avant. Elle se pend à mon cou et m'embrasse.

La table est dressée dans la cuisine. Entre deux bougies et une bouteille de châteauneuf-du-pape, un ceviche nous attend. Jeanne veut tout savoir de mon voyage en Afrique du Sud et m'interroge dans les moindres détails, euphorique. Je trouve agréable qu'elle s'intéresse à moi. J'ignore qu'elle gagne du temps, que j'ai déjà perdu.

Elle a besoin d'une douche avant de se coucher. Quelque chose ne me plaît pas.

Elle est nue devant moi et se réfugie dans mes bras. Je ne cherche plus à comprendre, nous faisons l'amour, l'amour sauvage et désinhibé.

Quelque chose a changé.

Il est 3 heures du matin quand un bruit sourd me tire d'un sommeil profond. Jeanne fouille dans son placard, en sort un sac de sport. Elle a enfilé un jean et le pull vert que je lui ai offert je ne sais plus quand, elle le retire et le troque contre un jaune. Elle se tourne de trois quarts vers la glace, se passe la main dans les cheveux et répond d'une moue boudeuse à son reflet. Elle semble ne pas se rendre compte que je suis là, que je la regarde. Elle noue un foulard autour de son cou, celui avec des chevaux noirs aux allures de chimères. Elle met ses baskets, noires elles aussi, enfile un manteau trop grand.

Suis-je en plein rêve ?

Je ne rêve pas. Jeanne est bien là, habillée, devant moi. Calme. Elle s'agenouille sur le lit et me caresse la joue tendrement. Elle attrape ma main pour l'embrasser.

Où va-t-elle comme ça en pleine nuit ?

Elle a ce sourire balafré et des larmes montent. Je ne dois pas m'inquiéter, je dois me rendormir, tout va bien. Je cherche son téléphone pour comprendre ce qui se passe. Je ne parviens pas à l'atteindre avant qu'elle ne le glisse, mutine, dans sa poche, index sur la bouche.

Elle ne se retourne plus après ça.

Ses pas sur le parquet. Elle s'arrête net dans l'entrée. Laisse mourir un silence.

Et disparaît.

24

Les enfants lui tombent dessus en hurlant : « Papichat ! » Ma mère a choisi ce surnom pour les petits-enfants, le jour de la naissance des filles. Une casquette de base-ball vissée sur la tête, Papichat se cache derrière deux bouteilles de champagne. Ses bras débordent d'œufs en chocolat.

Je devine sa blondeur. Céline suit juste derrière comme on se protège avec un bouclier pour éviter les tirs des snipers Depuis cinq ans qu'elle vient chez ma mère, elle reste sur ses gardes et ne cède pas aux provocations. Ma belle-mère porte un chignon haut noué par un chouchou orange, une robe rouge, un marcel blanc, un cardigan, et des sandales argentées. Elle surveille sans en avoir l'air chaque battement de cils de mon père et s'adresse avec soin à chacun de nous.

Paprika aime répéter à qui veut l'entendre qu'elle a toujours bien accepté « l'amie de son mari ». Chaque fois, nous lui rappelons que Céline n'est pas son amie, mais sa femme. C'est pour éviter ce genre de désagrément que mon père a insisté pour l'épouser. Ma mère répond en trois temps. Un silence, un sourire et un « tu as raison ».

Elle lui tend la main quand elle arrive, l'embrasse toujours quand elle repart, la remercie à voix basse d'avoir la moitié de son âge, des seins qui tiennent droit, un cul d'hôtesse de l'air, de jolis pieds.

À deux verres, Paprika le répète à l'envi :

— Un cœur n'appartient à personne, ce n'est pas parce que votre père est parti avec la petite que c'est un salaud.

À trois verres, elle peut battre des records de mauvaise foi.

— Nous sommes sorties de la boucle de l'état amoureux ! Cette chose programmée chez les humains pour s'arrêter un jour. L'obsolescence, ça vous dit quelque chose ? Mais l'amour, ah l'amour, ça, c'est autre chose, mes enfants ! L'amour, c'est une fatalité, on n'échappe pas à son destin et votre père et moi avons basculé dans une autre dimension. Reste une question :

cet imbécile a-t-il seulement conscience que c'est ça, l'Amour avec un grand A ? Non mais quel con !

Elle joue à ne pas l'entendre arriver.

Paprika entre toujours la dernière dans l'arène.

25

Il retire son blazer, roule les manches de sa chemise blanche, pose ses Ray-Ban sur son front et se rue sur ses petits-enfants avec rage et gourmandise. Il mignarde, avant de nous embrasser généreusement mon frère et moi. Constance tourne autour de son bras, il cherche son ex-femme avec cet air charmeur d'enfant vieux. Il se tient bien droit, tape sur son ventre pour signaler sa ligne de jeune homme. Il parle fort, cherche le compliment en écartant les mains, se tourne vers mon frère, badin.

— Où est-elle ?

Il pose de nouveau la question puis change de sujet. Que pensons-nous de son nouveau pantalon rouge ?

Il se retourne et plein de gaieté nous lance :

— Culotté, non ? C'est Céline qui a choisi mon nouveau chino. Elle est exquise, c'est un…

— Un cadeau pour la fête des pères ?

Châle blanc brodé, chemisier, pantalon assorti, Paprika dans l'embrasure de la porte entre en scène, immaculée. Son missile atterrit dans le sourire éclatant de sa cible. Papichat penche la tête, salue et applaudit en se réjouissant de l'arrivée en fanfare de la mère de ses enfants.

— Bonjour toi ! Tu m'as l'air en pleine forme.

— Ça va pas mal, merci ! Comme chaque année, tu es en retard et comme chaque année, c'est l'heure de passer à table, mon ami.

Il attend que nous soyons assis. Index sur la bouche, mon père farceur s'avance doucement dans le dos de Paprika. À son signal, Claire et Zélie se mettent à compter :

— 1, 2, 3, soleil !

Il se fige en une grimace. Petit théâtre de guignol. Impassible, Paprika devine ce qui se joue dans son dos et lève les yeux au ciel. Il pose une main appuyé sur ses épaules, glisse dans son assiette un paquet.

Amusé, mon père exige le silence. Il a quelque chose à nous dire. Quelque chose d'important.

26

Jeanne est remontée avec des croissants chauds. Elle termine de préparer les enfants en sifflotant cet air qui me rappelle mon père, *Le Pont de la rivière Kwai*. Ses cheveux ont repoussé, le carré court de la veille a disparu. Je ne comprends plus rien, si j'ai rêvé toute cette scène, ou si j'ai bien retrouvé Jeanne hier soir en rentrant de mon tournage en Afrique du Sud. Elle me fait signe d'approcher et m'embrasse.

Ma femme a les yeux charbonneux, délinées de sang, les yeux de quelqu'un qui a pleuré toute la nuit. Elle se colle à moi. Ses mains sont gelées, elle frissonne et claque des dents.

Je recule, fronce les sourcils ; je réclame une explication qui ne vient pas. Jeanne garde le silence et me nargue. La colère monte, je retiens l'orage du mieux que je peux. Elle me teste, attend la dernière limite pour enfin me parler.

Elle s'assoit sur le bord de l'évier avec célérité, m'ordonne de m'approcher en levant le menton et me tire vers elle. Elle voulait me faire la surprise. Elle a recommencé à tourner. Elle a été prise. Elle le sait depuis longtemps déjà mais n'a pas voulu m'en parler, elle a tenu à garder ça pour elle, jusqu'au dernier moment, et pour que je sois fier d'elle. Elle a tourné des scènes d'extérieur toute la nuit. Ce projet est magnifique, une belle histoire d'amour. Elle a le premier rôle, enfin le premier rôle féminin.

— Je m'appelle Olivia.

Ce n'étaient pas ses vrais cheveux. C'était la perruque du tournage, une prothèse, si j'avais vu ma tête. Elle a dû la garder trois jours de suite pour s'habituer, que son crâne en épouse parfaitement la forme. Je n'ai pas marché, j'ai couru. C'est plus qu'une actrice, c'est une formidable comédienne. Elle s'est retenue de me le dire, mais a préféré attendre, attendre d'être sur place, dans le froid dans la nuit, d'entendre les moteurs tourner, d'être sûre que le film se fasse, là, dans Paris, sur les quais au pied de la tour Eiffel.

Elle a eu peur que tout s'arrête au dernier moment. Elle a gardé jalousement son secret.

Jeanne est superstitieuse. Elle rit et me le répète. Si j'avais vu ma tête !

Mon cœur ralentit. Je suis prié de rengainer ma rage, de me réjouir pour elle et de faire preuve de mansuétude. C'est une nouvelle extraordinaire. Elle a retrouvé le grand acteur. Depuis leur dernier tournage, il a tout refusé, sauf ce film-là, enfin cette série. La première saison dure huit épisodes. Huit épisodes de cinquante-deux minutes. Le tournage va durer six mois. L'histoire se passe le soir. La nuit, à l'heure des loups. Le grand acteur a donné son accord, à une condition : donner la réplique à ma femme. Avoir Jeanne pour partenaire.

— C'est fou, non ? Complètement dingue.

Elle chancelle, mime un mouvement de danse et accélère le débit de son timbre chaud. Est-ce que je réalise ? Elle a une chance folle. Elle est si contente. Elle me saute dans les bras. Jeanne pleure de bonheur. Sa carrière prendra un nouveau tournant après ça. Un an après le film qui a déjà tout changé, elle retrouve enfin le chemin des plateaux.

Mon téléphone sonne, c'est ma mère. Paprika voudrait que l'on vienne encore une fois cette année pour le week-end de Pâques. Avec mon frère, avec mon père.

Toute la famille ensemble.

27

Elle aimerait bien que ça ne se voie pas. Elle aimerait bien passer inaperçue sur ce coup-là, se fondre dans le décor, disparaître dans sa cuisine, que le téléphone sonne, que quelqu'un se lève, que l'on parle d'autre chose et que les regards ne pointent pas vers elle avec cette insistance qui dit l'attente d'une réaction, appelle à sortir la bonne carte de son jeu, à trouver tout de suite le ton juste, à assumer cette érubescence. Paprika a le nez sur son paquet. Elle cherche la formule magique, mais la formule magique ne sort pas, elle est écrasée par cette bouffée de chaleur qui monte. L'alcool et les émotions fortes. Elle ne supporte pas d'être au centre de l'attention quand mon père est là avec l'autre.

Elle ouvre, déballe avec application le papier de soie et en retire une sorte de bracelet. C'est un lien. Un simple lien de cuir noir. Elle le tient entre le pouce et l'index et l'agite pour que tout le monde s'extasie devant l'accessoire. Ma mère tire la langue aux enfants. Vaine diversion. Elle porte son verre vide à sa bouche, cherche une dernière goutte de whisky à lamper pour l'aider à s'étourdir encore. Elle est émue, moins à cause du cadeau qu'à cause de mon père, à cause de son corps qui s'avance vers elle, à cause du spectre de son ancienne vie qui se projette sur le sol à ses pieds, de cette main sur son épaule qui ravive certainement des souvenirs, ressuscite un été qui n'est plus.

Mon père la contemple d'en haut, elle se retourne et un instant, un très court instant, une partition se joue entre eux.

Papichat embrasse tendrement Paprika sur le front. Ma mère ferme les yeux. Elle n'a pas vu le cœur en argent.

Mon père sort le pendentif du paquet, l'inspecte comme un diamantaire une pierre précieuse, en rajoute. Un lien, un cœur en argent, du champagne, une pensée. Les petits-enfants applaudissent, les enfants crient bravo.

Papichat a quelque chose à dire. Céline s'avance vers son mari et se colle contre son épaule. Constance attache le bracelet au poignet de Paprika.

Ma mère commence à trembler. Elle voit que je le vois, elle voit que je lis sur son front désolé. Je lui tends ma serviette de table avant que quelqu'un d'autre comprenne. Elle cache sa main dessous. Je cherche à la rassurer.

Mon père se racle la gorge. Il cherche ses mots en se grattant la tête. Céline lui murmure de se lancer.

— Ah oui, euh, chérie ? Paprika ?

— Oui, Papichat. Oui, mon ex-mari.

Les parents ont un fou rire nerveux. Il se reprend :

— Pour que tu saches : Céline m'a aidé pour le cadeau, le cœur, tout ça, c'est aussi son idée. Enfin, on a choisi ça pour toi ensemble. Elle et moi. C'est de notre part à tous les deux pour te remercier de nous accueillir dans ta jolie maison encore une fois. J'aime, enfin nous tenons à cette tradition, à cette réunion annuelle, nous tous, chez toi, la famille, cette table, cette entente. L'amour, c'est tout ça. Nos enfants, nos petits-enfants. Tout ce que nous avons réussi. La famille. Je suis, nous sommes, enfin, tu m'as compris…

Ma mère accueille d'un sourire de façade les mots pour une fois maladroits de mon père, envoie de loin un merci à Céline, un merci sans poison à l'intérieur, un merci de capitulation effrayant.

Papichat ne veut rien entendre de cette souffrance, on dirait que le maître du verbe panique devant l'air affligé et contrarié de ma bellemère. Faussement badin, il change de sujet.

— Bon, les enfants, pour la chasse aux œufs… J'ai l'impression que ça approche. Les cloches, on s'en fout, ça n'existe pas. Pareil pour le père Noël et la petite souris. Mais enfin qu'est-ce qu'on vous raconte comme conneries, c'est à peine croyable ! Vu qu'à dix ans vous êtes déjà presque tous des adultes, on va gagner du temps. Je les cache maintenant et vous ne regardez pas.

28

La journée, sa voix est claire. La journée, sa voix est gaie. C'est elle qui prend l'initiative. Jeanne m'appelle, Jeanne me bombarde de SMS luminescents pour me dire son amour. Qu'elle a envie de moi. Jeanne envoie des idées de menus pour le dîner, mais prend toujours le temps, avant de regagner son tournage, de préparer le repas, accompagné chaque fois d'un mot ou d'un simple cœur dessiné pour nous.

La maison est vide sans elle. Les soirs, cette question me hante : que serais-je sans Jeanne ? À quoi ressemblerait cet îlot si quelque chose de grave survenait ?

Quand j'arrive au pied de mon immeuble, que je monte l'escalier, mon cœur se serre. J'ai beau me raisonner, rien n'y fait, j'ai l'impression que Jeanne a disparu, cette sensation que ma femme ne reviendra jamais.

Je dîne avec cette angoisse qui m'écrase. J'écoute à peine les enfants, je ne retiens rien de leur conversation, je suis ailleurs, et réponds à côté de leurs questions. Claire et Zélie me trouvent bizarre. Je leur explique que je suis fatigué, que ça ira mieux demain. J'ai déjà dit ça hier, je sais.

— C'est parce que Maman n'est pas là, dit Zélie.

— C'est parce que Maman travaille, ajoute Claire.

— Mais t'inquiète pas, Papa, tu vas la revoir, ta femme.

J'ai noté cette idée dans mon téléphone : « Vivre avec une actrice en tournage, c'est avoir froid, très froid. »

Jeanne est là quand je me réveille, Jeanne est même déjà en train de s'affairer, peu importe que le tournage ait pris fin au petit matin, elle a le reste de la journée pour dormir quand la maison sera calme, que les filles seront à l'école, que je serai parti au bureau.

Jeanne est là quand je me réveille. Alors pourquoi le soir quand je rentre, sa disparition me hante-t-elle ?

Je ne lui en parlerai pas.

Ce matin comme tous les matins depuis presque deux mois, elle me raconte sa nuit devant un café. Le froid, les longues heures d'attente avant d'entrer en scène pour de courtes minutes. La joie, l'équipe, l'ambiance, et le grand acteur. La chaleur de ces gens.

Je ne vois rien. Je sens.

En réunion face à mes images de drones, je pense à la nuit quand Jeanne part tourner. J'écris cette autre phrase dans mon téléphone : « La nuit quand Jeanne part tourner, les lumières de la ville qui effleurent la maison ne prennent plus le temps de se faire une beauté. »

29

C'est un printemps presque parfait. Mon père rayonne, ma belle-mère minaude, ma mère est triste, mon frère et sa femme ont l'air heureux, les enfants cherchent les œufs que les adultes ont cachés, une boule me dévore le ventre.

— Encore un !

Les cris des enfants, le trésor qui grossit, le panier qui déborde, le chocolat qui fond. L'innocence.

Mon père anime la chasse, guide, encourage, crie, s'amuse. Léger, si léger, le capitaine. Comment fait-il avec son bonheur ? Que cache au fond une telle joie de vivre à son âge ?

J'aimerais m'approcher de lui, l'entraîner à l'écart. J'aimerais lui demander avant le déjeuner, avant qu'arrive ce moment du tour de table, et des interrogatoires, avant que lui aussi en arrive à Jeanne, dans la conversation d'usage, où personne n'en dit trop pour ne froisser ni inquiéter, où l'on survole la vie en osant affirmer d'une voix claire que tout va pour le mieux dans le meilleur des mondes.

J'aimerais savoir : comment a-t-il su qu'il devait partir, quitter sa femme après trente-cinq ans ? Comment sait-on ces choses-là ? Quelle est la grammaire du désamour, sa syntaxe et sa morphologie ? Est-ce que ça s'explique au moins ?

Pourquoi Céline et pas une autre ? Et quoi ? La jeunesse ?

A-t-il seulement douté ? A-t-il hésité à partir ? A-t-il cru aimer les deux un moment ? A-t-il menti à l'une et à l'autre pour les ménager, se rassurer et gagner du temps ? S'est-il perdu ?

Que s'est-il réellement passé ? Jusqu'à quel point la fiction que l'on imagine adoucit-elle nos choix ? Combien ça coûte à la fin ?

Papa en pleine conversation s'esclaffe avec Marc, Céline écoute attentivement Constance, Paprika serre mes enfants dans ses bras et chante, un autre verre de whisky à la main.

Je prends sur moi pour ne pas tomber, ressers les verres et continue à m'interroger.

Y a-t-il un jour meilleur que les autres pour partir ? Quel jour choisir pour s'en aller ?

Lundi ? Le lundi, on prend des résolutions, le lundi, c'est le meilleur moment pour arrêter son cœur et refaire sa vie. Les gens se quittent-ils davantage le lundi matin ? Les cœurs se réinitialisent-ils mieux en début de semaine ?

Ou le dimanche soir ? Le dimanche soir avant 17 h 30 lorsque se lève le début de la fin du week-end ? Le dimanche soir, c'est le moment idéal pour quitter sa femme et partir vivre avec la fille de son associé.

Qu'est-ce que mon père a vraiment dit à ma mère ? Est-ce qu'elle entend encore ses mots dans le bruit des glaçons quand, un énième verre de whisky à la main, elle repense, des années plus tard, à ce dîner, la tête tournée vers la fenêtre du jardin ? Combien de fois par jour y songe-t-elle ?

On évoque souvent ses choix avant de les exprimer vraiment.

Que me dit Jeanne depuis la chambre de sa maison de repos ? A-t-elle choisi le jour où elle s'en ira ?

Un mardi ? Peu probable. Un mercredi ? Le mercredi, c'est le jour des enfants. Qui quitte quelqu'un le mercredi ? Un jeudi, comme le J de Jeanne ? Pourquoi Jeanne ?

Mon père aurait-il quitté ma mère s'il n'y avait pas eu quelqu'un d'autre ? Les hommes ne partent jamais pour rien. Un homme part pour une autre femme ou reste sous la couette à se plaindre de son sort. Une femme n'a besoin d'aucune épaule pour s'en aller. Une femme n'a besoin de personne pour tirer sa révérence. Quand les femmes acceptent l'inconnu, les hommes veulent des garanties.

J'y pense : le jour des licenciements, c'est le vendredi. Le vendredi, on peut vous virer en un battement de cils. Le vendredi, les gens ont tout le week-end pour se défenestrer.

30

D'un bleu roi somptueux, le ciel donne envie de se baigner. Seule une légère brise dissuade encore d'ouvrir la piscine si tôt dans l'année. Ça me ferait du bien de me jeter à l'eau, là, tout de suite, tout habillé, pour tenter de noyer cet alien qui me tord l'estomac.

Cette vision de Jeanne.

Est-ce l'effet de l'alcool, de la fatigue et du soleil qui nous éblouit ? Est-ce l'effet de cette table qui me rappelle un temps pas si lointain où Jeanne était encore avec nous, où Jeanne allait bien, où nous allions bien ?

J'aurais dû capturer cette scène avec mon drone. Immortaliser pour les jours de désert.

Elle s'asseyait près de mon père ou prenait place entre Constance et Paprika. Elle pouvait passer des heures à écouter mon frère se vanter.

J'aimerais revenir en arrière, quand Jeanne était encore habitée par notre conviction.

Mais je suis rattrapé par la lucidité. Si elle était là, elle serait ailleurs, avec l'autre, dans sa tête, dans son cœur, dans le creux de son ventre. Jeanne n'écouterait pas mon frère déblatérer ses histoires d'architecte, elle en serait incapable. Elle n'aurait même pas la force de répondre à Constance, ni de rire devant le petit café-théâtre de mon père, tout juste de s'attendrir, l'œil inquiet devant ma mère et ses verres de whisky.

Elle serait toute à l'autre. Elle guetterait le moindre signe, les mains moites sur son téléphone. L'autre prendrait toute la place, mobiliserait chaque nanoseconde de son attention et Jeanne serait pleine de son absence. Il serait là, le fantasme, là sans y être, déjeunerait avec nous et saucerait même nos assiettes avec ses doigts.

On voit toujours partout celle ou celui qui nous hante. Celle ou celui qu'on rêve de rejoindre mais qu'on ne rejoint jamais parce qu'on a trop peur de perdre à ce genre de loterie. C'est la roulette russe. Celle ou celui qui est entré dans notre vie par effraction nous dévore. On voit toujours l'autre partout quand on tente de reprendre trop tard le contrôle dans cet aquaplaning.

Si Jeanne était là, elle aurait envie de monter dans sa chambre et de rester couchée toute la journée à l'attendre. Elle aurait envie de baiser avec lui. Tant pis pour la famille en dessous, le jour de la résurrection du Christ. Peu importe la taille du blasphème. En amour, la vérité est plus puissante que le blasphème à la fin. Mais à la fin seulement.

Je pense à ça devant les miens.

Je vois Jeanne s'enfoncer dans l'obscurité, dans cette nuit grasse qui nous tombe dessus lorsqu'on s'enlise dans les non-choix et que l'on n'ose pas trancher.

Jeanne a peur. Jeanne refuse de perdre ce qu'elle a construit. Jeanne s'imagine qu'il est possible de tout avoir.

Se réfugier trop longtemps dans l'idée que l'on aime deux personnes en même temps, refuser la douleur de choisir, c'est voter pour l'autodestruction et n'aimer personne.

J'ai fini par comprendre.

Prétendre aimer deux personnes est un attentat.

Un terrible attentat contre soi.

31

Paprika a vu léger avant l'agneau pascal. Elle a posé sur la table une salade composée avec du pamplemousse, des pommes coupées, des noix, des raisins secs et des lamelles d'avocat, un filet d'huile d'olive, du citron. Marc est aux anges. Marc est à la diète toute l'année. Pas de pain, pas de vin, pas de fromage, pas de vie, du sport. Du sport pour le corps, du sport pour l'harmonie, du sport et encore du sport. Mon père suit le même régime. Il paraît que l'exercice physique aide à se sentir heureux.

Je n'ai jamais compris les vertus de la transpiration. Je n'ai jamais rien entendu à leur religion, j'ai évité mon corps toute ma vie. Je n'ai pas pris soin de lui, je me suis consacré à ma passion, à mon travail. Le travail comme unique addiction. Je me suis accroché à cette vision du monde, le monde vu du ciel, mon boulot avant tout, la passion qui sauve de tout.

Je n'ai pas perdu mon travail ; c'est mon travail qui m'a perdu.

Mon travail et cette histoire avec Jeanne.

Mon père et mon frère n'ont jamais rien perdu. Ils prennent la vie à bras le corps et leur corps suit, ils n'ont jamais renoncé à eux-mêmes et ne se sont jamais sacrifiés, ni dans leurs affaires ni dans leur vie privée.

Ce genre de type naît à l'abri du doute. Jeanne, elle, a douté, douté et lutté au point d'atterrir dans une maison de repos. Le doute a tendu ses filets, il a piégé son cœur dans les limbes de l'incertitude et nous voilà.

Je ne suis pas près d'oublier cette nuit.

Je ne dormais pas quand elle est rentrée. Elle est arrivée dans la chambre sans même avoir retiré son manteau. Enroulée dans son écharpe, elle était pâle comme un lac gelé quand elle a allumé et qu'elle est passée aux aveux. Elle ne partait pas tourner toutes les nuits. Il n'y avait jamais eu de tournage. Jamais eu de rôle. Jeanne avait tout inventé. Depuis trois mois, elle filait le rejoindre et vivre sa deuxième vie.

Elle avait été capable de *ça*. Et tout *ça* n'avait que trop duré. Elle ne pouvait plus se diviser, elle avait besoin de s'y consacrer tout à fait. Elle l'aimait.

Elle avait lutté, elle avait déchiré son cœur, tout tenté pour ne pas nous imposer ça et le poids du mensonge est devenu trop lourd à porter. Elle a tout inventé pour se donner du temps et le temps l'a écrabouillée. Elle a repris à son compte la formule de mon père : Jeanne ne me quittait pas, elle était tombée amoureuse d'un autre.

Décidément.

32

Papichat joue les numéros 10 sur le terrain. Il attrape au vol les bribes de conversation, s'en empare et, seul face au but, il court répandre ses tables de la loi, sa joie et sa bonne humeur. Il parle fort, si fort, se gausse, mon père s'accroche à cette représentation, il garde en tête le paysage qu'il s'efforce de peindre depuis toujours, rien au monde ne le sortira du décor de carte postale dans lequel il a décidé de vivre. Il est fier, droit, il est le patriarche de cette famille idéale, il a su concilier le bonheur des autres et ses intérêts, offrir à Céline une place de choix tout en garantissant à ma mère qu'il ne l'abandonnerait jamais, qu'il serait toujours là pour elle, sauf qu'il n'est plus là.

Papichat est l'artisan de cet équilibre auquel tout le monde s'est plié et est prié de rendre grâce. Tant pis si personne n'a eu d'autre choix que de s'accorder au violon de ses quatre volontés. Ce détail, l'orfèvre du compromis n'en a cure. Mon père est le dieu Atlas, il brandit fier et droit dans son nouveau chino rouge un monde parfait.

Jamais souffrir.

Ce genre de déjeuner est l'occasion pour lui de nous exhiber sa réussite et, espère-t-il, d'instiller dans les cerveaux de ses petits-enfants que c'est possible, dans la vie, de bien s'y prendre avec les gens qu'on prétend aimer tout en se gardant la part du lion. Il croit sincèrement qu'on l'admire. C'est en partie vraie, mais en partie seulement.

Un œil sur les tremblements de ma mère, un autre sur l'absence de Jeanne, je m'accroche à ma chaise pour ne pas tomber. Absurde et incontournable violence. Mon père est toujours en plein show et je m'interroge. Que ressentent ceux qui tranchent sur les choses du cœur ? Où partent errer les âmes amputées après ? Je penserai à le lui demander, à l'occasion.

Papichat prend mon frère par le cou, fait grimper Zélie sur ses genoux, s'amuse. Bizarrement, peut-être à cause du manque de sommeil, j'éprouve une soudaine compassion. Quand un couple se sépare, on pense surtout à la douleur du quitté, moins à celle de celui qui part. Pourtant, il emporte aussi l'effondrement avec lui. Nous adhérons au parti des laissés-pour-compte parce que nous avons la trouille d'être abandonnés. La peine des autres est un miroir qui nous terrorise. Haïr celui qui s'en va, c'est aussi détester son courage et s'en sentir dépourvu.

Dans une rupture, il y a deux vies, les deux méritent d'être considérées et escortées.

Le temps révolu de l'amour est un feu de forêt.

33

Tout le monde a faim et je ne touche pas à mon assiette. Les compliments fusent. Ma mère devrait ouvrir un restaurant, mon père nous gâte avec son champagne, Paprika préfère rester au whisky. Céline ne boit pas d'alcool, Constance a déjà trop bu, les filles réclament un jus d'orange, leurs cousins veulent du Coca, Marc se charge d'apporter l'agneau et le découpe sous nos yeux. Je me souviens de ce plat. C'est particulier, la mémoire, quand même. Les parents l'avaient rapporté d'un voyage au Portugal. Il avait dû cogner dans la valise contre quelque chose, il était arrivé ébréché. Ma mère le trouvait ravissant avec cette cicatrice, mon père un peu kitsch. Paprika avait précisé : c'est bien pour ça qu'elle le trouvait beau.

Personne d'autre que Paprika n'est au courant pour Jeanne. La disparition, l'hospitalisation, la maison de repos. J'ai tout raconté à ma mère, mais je ne lui ai pas dit pour mon travail. Ça non. Je n'en suis pas capable encore. Je vis seul avec mes secrets.

Ma mère boit, et je ne peux rien avaler, juste faire semblant de trouver cet agneau délicieux, suivre vaguement la conversation. J'ai chaud, très chaud. Les mioches ont quitté la table sans demander la permission. Où sont-ils ? Où sont mes filles ?

Je n'entends pas tout de suite sa question. De l'autre côté de la table, Papichat est penché vers moi et ricane.

— Oh, Max, t'es avec nous ?

Marc me secoue. Je sors cette phrase mécaniquement :

— Il faut un sacré courage pour partir.

Personne ne relève, parce que personne ne m'entend marmonner.

— On dit que choisir, c'est mourir un peu. La vérité ? Choisir, c'est crever parfois. Il en faut du courage pour affronter…

La voix de mon père s'amplifie. Il a chaud ; je transpire.

— Enfin, Max, t'es sourd ou quoi ? Tu en fais, une tête ! Je te demande comment va Jeanne ? Donne-nous de ses nouvelles ! Comment va-t-elle ? Comment va ma belle-fille adorée ? Elle tourne comme une malade, c'est ça ?

— Oui, Papa, comme une malade.

— Mais c'est formidable ! Je suis très heureux pour elle. Si on lui passait un coup de fil tous ensemble, là, maintenant, juste pour lui dire qu'on l'aime et qu'elle manque à la fête ?

— C'est impossible, Papa.

— Et pourquoi ça ?

— Elle travaille !

Ma mère se lève. On dirait qu'elle a besoin d'un autre whisky.

34

Cette scène est arrivée si souvent ces dernières semaines. Chaque fois, j'ai marché parce que, chaque fois, Jeanne suintait la sincérité. Elle m'appelait, je décrochais, elle m'annonçait qu'elle revenait. Elle était déjà là quand je rentrais du travail, à tourner en rond dans la maison, l'air de rien, comme si aucun éclair n'avait déchiré notre histoire. Jeanne était là, en face de moi, et se collait contre mon ventre. Je la retrouvais souriante, excitée, un peu, gracieuse, amaigrie.

Ma femme était de retour et je devais composer avec ça, tirer un trait sur le passé en me penchant sur la table basse pour attraper une coupe de champagne et trinquer une nouvelle fois à notre nouvelle nouvelle vie.

Je me barricadais derrière des montagnes de silence que Jeanne crevait comme de vulgaires ballons d'hélium. Un fou rire la prenait en piquant une olive, elle se lançait. Elle avait réfléchi. Avant de rompre avec l'autre, elle avait tenu à bien lui expliquer et à être le plus clair possible : elle ne pouvait pas nous quitter. Quitter sa famille, abandonner son mari, ses enfants, c'était se perdre, et se perdre, c'était dévisser. Elle ne pouvait pas. Elle nous aimait. Nous étions son socle, elle ne le verrait plus. Voilà.

Jeanne est assise devant moi sur ce canapé, nue sous sa salopette, un bandeau blanc pour tenir ses cheveux, sa grande bouche à baisers, ses dents parfaitement alignées, le bleu de méthylène de ses yeux, son cou de danseuse étoile. Jeanne est assise en tailleur, le soleil fend la fenêtre et une poudre de lumière la découpe en deux, yin et yang.

Cette image crève toujours mes nuits.

Jeanne recouchait avec moi, je reprenais possession de ma femme et j'oubliais les fondamentaux. Personne n'appartient jamais à personne. Personne ne sauve jamais personne.

Claire et Zélie ne comprenaient plus rien à ses allers-retours, au manège de leurs parents, aux cabrioles de leur mère, à ma joie soudaine, aux flétrissures de la vie à deux. Perdues dans leurs chemises de nuit, les filles tentaient de s'adapter à nos coups de folie et nous espéraient.

J'ai beaucoup menti pour encore un peu de Jeanne dans la maison.

Les retours de ma femme ne duraient jamais bien longtemps. Jeanne pleine d'amour cédait vite la place à l'abysse. Je le constatais, effrayé, dans ses yeux. Elle essayait de se convaincre à nouveau. Mais, devant le fantôme de sa vie d'avant, elle repartait là où la vie l'attendait, chez l'autre.

J'ai fini par connaître chaque détail du scénario. Elle le revoyait d'abord en cachette, et, au bout de quelques jours, cessait ces rendez-vous clandestins, l'amour l'après-midi. Elle me l'annonçait : elle s'en allait pour de bon.

Je n'écrirai pas toutes ces fois où j'ai cru que Jeanne me revenait pour toujours. Ça ne rime à rien, toute cette boue dans une vie, ça ne sert à rien de la répandre sur des chapitres entiers, de peindre indéfiniment une vie sous les éboulements d'un cœur qui bat de travers, mais ça peut servir à d'autres de l'évoquer pudiquement. On ne sait jamais.

Il n'y a pas trente-six solutions pour sortir de ce piège. Trouver la force de s'échapper.

La dernière fois que Jeanne est revenue, décidée comme le sont les drogués à décrocher définitivement, le grand acteur a débarqué dans le hall de notre immeuble. Il a sonné à l'interphone au cœur de la nuit. J'ai sursauté. Anesthésiée par les médicaments, Jeanne écrasait. Elle a émergé, et, dans un demi-sommeil, elle a compris. Malgré la puissance des anxiolytiques, elle a sauté du lit, terrifiée, terrorisée d'être surprise au lit avec son mari par son amant, sordide théâtre d'un drame conjugal aux horloges inversées.

J'aurai tout vu, elle m'aura tout fait.

Jeanne est allée lui ouvrir la porte de notre sanctuaire, et j'ai cru que quelqu'un m'enfonçait une baïonnette dans la gorge. Il n'a pas pénétré chez moi, il est resté sur le palier sans parler. Jeanne a rassemblé machinalement ses affaires. On aurait dit un robot, pas la mère de mes enfants, que j'avais toujours protégée jusque-là, y compris de mes propres démons. Cette fois, elle ne me mentait plus.

Je n'ai pas eu le courage de sortir de mon lit, de courir dans le couloir jusqu'à la porte d'entrée pour casser la gueule au grand acteur. Nous n'étions pas dans un mauvais film, ni dans la forêt à l'heure du brame, nous étions dans la vie mauvaise. Je n'ai pas eu l'envie de lui enfoncer quelque chose en plein cœur. J'avais trop mal à cause de la baïonnette.

J'étais trop lâche aussi pour la confrontation.

35

Tout le monde se ressert de l'agneau. Ce brouhaha. On parle de tout dans ce genre de déjeuner, de la pluie, du beau temps et des inconvénients. On affûte ses arguments, on prépare des estocades, on plaisante, on rit, on se moque gentiment, on règle un peu ses comptes, jamais trop longtemps, on souffle sur les braises, on évite d'ouvrir les cicatrices. Il y a un temps pour tout. On est sages à l'arrivée, polis, policés, d'abord heureux d'être ensemble ; qui aime bien châtie bien, c'est l'avantage des réunions de famille. C'est si simple de parler pour ne rien se dire et si complexe de se confier. La famille est d'abord le berceau de notre intimité, puis son tombeau. Il convient de la préserver pour s'en préserver. Arrive un moment où il vaut mieux ne rien dire, épargner ceux qui ont pris soin de nous au début. C'est la moindre des choses.

Une famille ne peut pas tout entendre.

Si la famille nous éduque, c'est à nous de nous élever à la fin.

À hauteur d'homme, nous sommes de sacrés menteurs.

Et si je brisais l'omerta ? Si j'arrêtais d'étouffer toute cette rage et que je profitais de cette journée de printemps pour tout balancer et vider mon sac ? Qu'est-ce que je gagnerais ? Est-ce que je me sentirais mieux après ?

Comment réagiraient les miens ? Que me dirait mon père vraiment ? Que penserait mon frère en m'entendant crier que j'ai perdu mon travail et ma femme, que je suis ce type-là, que je me tiens nu devant eux et que plus rien ne me retient ici que les rires des enfants devant leurs œufs au chocolat ?

Je pourrais me lever de ma chaise, me racler la gorge, réclamer une minute d'attention, imposer le silence, et tout le monde se plierait, j'en suis sûr, à mon injonction. La table s'interrogerait, d'abord un peu distraite, amusée, et je deviendrais pâle.

— J'ai tout perdu et je suis perdu. Je me suis fait virer, Jeanne est partie dans les bras d'un autre. Je passe un excellent déjeuner en compagnie de mes regrets, je ne comprends pas ce qui m'arrive. Où est-ce que j'ai merdé ? J'ai tenté pourtant de m'appliquer. Être un bon professionnel, un bon mari, un bon fils et un bon frère, mais ça n'a pas suffi, visiblement. Voilà, vous savez. J'ai besoin que vous compreniez maintenant. J'ai besoin de cette famille avec moi. Je n'ai que vous à qui m'adresser, vous êtes mon noyau. J'ai tout perdu. Je n'ai que vous et vous êtes un leurre. La lumière d'une étoile morte. Celle de mon enfance.

Je vais pour me lever de cette foutue chaise, je vais pour me dresser devant eux, mon annonce au fond de la gorge, quand Céline se fige juste avant, et nous balance sans préliminaires :

— Nous allons avoir un enfant.

36

Même le vent se tait. Papichat esquisse un sourire gêné et rabat ses verres fumés sur ses yeux pour se protéger des éclats de la bombe que vient de lâcher sa femme à l'assemblée.

— Nous allons avoir un enfant. Je suis enceinte.

Il a tenté de nous l'annoncer tout à l'heure, avant de se raviser à la dernière seconde et d'essuyer la moue rageuse de ma belle-mère. Papa va être père de nouveau et Papichat, qui revendique tant d'assumer sa vie, et ses choix, n'a pas trouvé les mots pour nous le dire. Il s'est heurté à la limite de sa liberté, il a touché son plafond de verre, incapable d'aller jusqu'à nous, et surtout de l'avouer à ma mère.

C'était pour ça, le cadeau, le cœur et la lanière de cuir. Pour mieux faire passer la pilule.

Marc et Constance tentent d'amortir le choc. Je suis désarmé et baisse la tête pour ne pas assister à la suite du spectacle.

Paprika a filé dans la cuisine, elle revient dans un effrayant éclat de rire, un énième verre de whisky à la main. Elle tient à peine sur ses jambes. Elle applaudit.

Si la vie de mon père n'est plus son affaire, elle reste sa tragédie. Le chagrin et l'humiliation de leur divorce n'ont jamais, malgré tout ce qu'elle répète, cicatrisé. L'annonce de cette grossesse ravive la brûlure et la multiplie.

Elle porte son verre à sa bouche en tremblant. Paprika rassemble ses forces et se plante, totalement ivre, face à Céline. Elle balbutie : Céline a de la chance, elle a tant aimé être enceinte de lui quand ils étaient si jeunes. Elle lui souhaite le plus grand des bonheurs, d'avoir un fils aussi beau que ses deux garçons, d'être protégée toute sa vie.

Paprika s'avance encore d'un pas, trébuche et manque de tomber. Elle serre Céline dans ses bras.

Mon père tente de meubler, son ex-femme le supplie de se taire, de ne pas chercher pour une fois à atténuer sa violence et d'assumer.

Paprika tremble, bien plus que les autres fois. Rien ne peut plus dissimuler cette main. Marc s'approche de notre mère et doucement lui saisit le bras pour la conduire jusqu'à sa chambre.

Constance ne retient plus ses larmes. C'est la première fois que ma belle-sœur nous dit quelque chose.

Mon père est blanc et change de ton, il laisse sortir sa colère et se venge sur les enfants. Il leur hurle de ne pas rester là. Les cousins s'évanouissent dans le jardin.

Les filles sont bouleversées par le spectacle auquel elles viennent d'assister, le genre de mise en scène dont seuls les adultes ont le secret.

Céline traite mon père de lâche. De lâche et de faible. Et personne d'autre que moi ne l'entend.

37

Une glace a été placée face au lit. Elle tente d'agrandir un peu l'espace de la chambre 202. L'intérieur est sobre, minimaliste même. Une chaise est fixée au sol pour les visiteurs, une porte donne sur la salle de bains. À côté du lit, une fenêtre autorise la lumière les jours de grand beau, mais ce jeudi de mars, on n'y voit presque rien, même le brouillard n'a pas la force de frapper au carreau. Il est à peine midi et la nuit a l'air d'être déjà tombée.

Jeanne est tournée sur le côté, elle a les yeux fermés, on dirait qu'elle a trouvé la paix. L'infirmière me demande de ne pas m'inquiéter si elle ne me répond pas.

— C'est à cause des médicaments.

Jeanne est shootée par les cachets. Elle n'a besoin de rien d'autre que de beaucoup de repos, et ce premier traitement va l'aider à relâcher un peu la pression, à dormir surtout.

Elle a eu une chance folle, elle ne s'est rien cassé en tombant.

Une autre fille de l'étage m'explique :

— Les jours de pluie, ça glisse drôlement là-haut. Elle a eu une sacrée veine d'atterrir du côté des dunes ; à l'opposé, c'est certain, elle aurait terminé en pièces détachées sur les rochers.

Des promeneurs ont donné l'alerte au petit matin. Quand ils l'ont trouvée, ils ont bien cru qu'elle était morte.

Quand je suis arrivé, trois gendarmes m'attendaient. Aucun témoin n'avait assisté à la scène. Elle ne devait pas être dans son état normal pour tomber comme ça, ou alors elle avait voulu mourir en se jetant dans le vide. Ou alors une rafale de vent avait contrarié ses projets.

Un des militaires a émis une hypothèse : d'après lui, Jeanne avait dû trop boire. S'était-elle rendue chez des amis ou à une fête juste avant ? Sortait-elle souvent sans moi ?

— Ça arrive que des fêtards se retrouvent un peu allumés là-haut sous l'effet du cannabis, ou de la cocaïne, ou de l'ecstasy, ce ne sont pas les saloperies qui manquent dans le coin.

Des gus se prennent vite pour des super-héros et sont subitement chatouillés par une envie de voler.

Une chute de cette hauteur… Heureusement, la dune, le sable… C'est passé crème, cette fois. Vous pouvez dire merci au bon Dieu, enfin, si vous y croyez…

Le brigadier a eu l'air pressé. Il m'a demandé de signer en bas d'un formulaire : le rapport résumait l'intervention, et en le paraphant je confirmais qu'on avait bien retrouvé ma femme et qu'elle dormait sur ce lit d'hôpital à quelques kilomètres de l'endroit où les pompiers l'avaient récupérée.

Ce n'était pas plus grave que ça.

Pour une chute dans les dunes, un bol pareil, « on allait pas en faire tout un foin », ils avaient assez de paperasserie… Si ça me convenait comme ça, si je n'avais pas d'autres questions, ils allaient repartir.

L'un des trois gendarmes a posé furtivement la main sur mon épaule avant d'ajouter que ça serait bien, la prochaine fois que prendrait à madame l'envie de sauter dans la nuit, que je ne sois pas trop loin pour l'en dissuader. Le brigadier m'a dit que j'avais l'air d'un type sérieux, sérieux et rassurant.

Les gendarmes sont repartis, j'ai entendu leurs rires dans le couloir s'échapper par l'escalier et je suis resté debout face à Jeanne. Elle avait l'air paisible, je me suis assis sur la chaise et en la surveillant, j'ai imaginé un film.

Le film de la nuit de Jeanne.

Ma femme, à la gare Saint-Lazare, saute dans le premier train pour la mer. Elle espère que sa fuite va l'aider à se débarrasser de tout ce qui la fait suffoquer. Elle se rassure : ce court voyage lui remettra les idées en place, elle sera apaisée après ça.

La tête collée à la vitre, les paysages qui défilent à toute vitesse l'éloignent de son dilemme et des choix douloureux, de nous deux, les deux hommes qui l'empêchent d'être au monde, le grand acteur et son mari, le vendeur de drones, l'amour divisé, les emmerdes, et l'obligation que l'on s'impose, choisir un chemin et pas l'autre. Le destin au carrefour d'un choix.

Jeanne choisit un hôtel discret, prend les clés de sa chambre, et chiale un grand coup sur son lit. Elle fixe un long moment le plafond et rien ne s'arrange. Elle ressort, s'arrête au bar du coin prendre un verre, et puis deux, et puis trois, s'installe dans la première crêperie. Jeanne dîne seule, face à la mer, et continue de prier pour que ça passe, pour que cette douleur foute le camp. Elle ne peut rien avaler. Elle voudrait que cela s'arrête, elle voudrait mourir d'un coup et qu'on n'en parle plus. Qu'on disparaisse, qu'on s'efface et qu'elle retrouve la paix.

Jeanne peut mourir de ça, c'est sa nature, son tempérament, son hypersensibilité qui la domine et la ronge. Elle est cette femme-là, celle qui s'arrange pour que la vie la dépasse et ne supporte pas d'être débordée.

Elle marche pour échapper à sa douleur, cavale dans cette nuit humide timidement éclairée par les réverbères. Bien sûr, elle pense aux enfants, aux sourires de Claire et Zélie, à cet amour-là. Elle quitte la jetée balisée, bifurque sur un sentier de terre et dans le noir, un noir total et démesuré, commence à grimper. Réchauffée par l'alcool et fouettée par le vent, elle vise le haut invisible de la falaise.

Jeanne prie pour revenir à elle, à ce qu'elle désire vraiment au fond. Elle le jure, elle abandonnera au sommet la fille coupée en deux qui ne sait pas ce qu'elle veut et a peur… Qui ne sait pas ce qu'elle veut parce qu'elle a peur.

Il y a des moments dans une vie où l'on se perd à ne plus savoir où mettre son cœur à l'abri.

Jeanne abandonnera la fille coupée en deux, en haut de cette falaise, ou la poussera à se jeter dans la mer.

Il est temps de se libérer du poison.

38

Le soleil n'a pas dit son dernier mot. Mon père est seul et désarmé à la table. Il se sert un verre d'eau, déglutit, le visage renfrogné, un coup de soleil sur le front, il cherche un filet d'air pour expirer tout ce fracas. Paprika est tombée d'un coup. Abrutie par le whisky, elle a fermé les yeux et s'est endormie pour s'échapper de cette réalité. Mon frère l'a bordée et j'ai trouvé ça beau et délicat, quand il a tiré le drap jusqu'à la naissance de ses épaules. Il s'est tourné vers moi, et je n'oublierai jamais son visage déshabillé de toute son arrogance, son air d'enfant désemparé. Ces retrouvailles.

Il m'a entraîné hors de la chambre, et les mots sont sortis avec lenteur, hachés et désordonnés.

Médecin. Arrêter de boire. Il faut le dire à mon père. Prendre rendez-vous, commencer un traitement peut-être. Il n'a pas réussi à la convaincre. C'est dangereux, elle est sur la mauvaise pente. Se bouger, la prendre en main, arrête définitivement le whisky. Tout le monde doit agir, l'aider.

Il retrouve un peu de calme. Marc me le dit au moins trois fois : il ne peut plus être le seul responsable de tout ça, le seul à ne pas ignorer que ça peut mal tourner. Le médecin l'a prévenu : il a ordonné que Maman arrête tout, a suggéré une cure et des tests cognitifs aussi. On ne peut plus continuer à faire semblant, Paprika doit être prise en charge et vite, parce qu'à son âge, les risques… AVC, Parkinson, et tout le bordel, la fin programmée. Nous devons passer à la vitesse supérieure.

C'est d'autant plus pressé, m'explique-t-il, qu'il ne pourra pas continuer à s'occuper de sa vie comme il l'a toujours fait, parce que, voilà, il va devoir en terminer avec elle.

Je n'ai pas compris tout ce qu'il racontait. Il m'a tiré vers lui et s'est jeté dans mes bras.

J'ai pensé à un grand frère, un grand frère qui emmène avec lui son petit frère le soir au bout du jardin près de la mare aux chevaux pour lui confier un terrible secret.

Mon frère.

Et Papichat s'est dressé face à nous.

39

Le visage est anguleux, les yeux sont clairs, les cheveux grisonnants. Le toubib a une tête d'acteur dans une blouse blanche. Sa voix est posée, très douce. Il murmure en la surveillant, attentif et serein. D'abord, il n'évoque pas Jeanne, il me questionne : qu'est-ce que je ressens ? Comment ai-je appris la nouvelle ? Comment suis-je arrivé jusqu'ici ? Il espace ses questions par de souples et habiles silences et m'interroge plus profondément.

Est-ce que je comprends ce qui se joue dans cette chambre ? Est-ce que j'ai une idée de ce qui a conduit ma femme sur ce lit, si loin de chez nous ? Est-ce que je mesure la situation ? Il attend que je lui réponde, mais rien ne sort vraiment, à part des bribes de phrases qui ne se terminent jamais.

Il m'attend, je résiste à son empathie, la honte me paralyse, il me dissuade d'avoir peur. Je lâche un peu de lest et j'ose une phrase entière, abats cette carte, constat lucide et implacable : Jeanne n'est plus heureuse avec moi, puisqu'elle est tombée amoureuse d'un autre et que son cœur s'est perdu.

J'enfonce le clou, tête basse. Si l'intrus est arrivé, c'est qu'il y avait la place pour l'accueillir, j'ai à l'évidence dû faire le lit de cette situation par mon attitude, mes manquements, mon égoïsme, je l'ai délaissée, pire, j'ai à peine cru en elle, à son talent, je n'ai pensé qu'à mon travail, à mes drones et oui je mérite ce qui m'arrive, j'en porte l'entière responsabilité.

Il esquisse un sourire, déroule un autre silence.

— Si vous accabler vous soulage, pourquoi pas… Vous croyez que ça fait avancer les choses ? Et sinon, Jeanne ?

Est-ce que Jeanne mérite ce qui lui arrive ? Cette fois, ma réponse est immédiate.

— Bien sûr que non, ma femme ne mérite pas ça.

Le médecin se rapproche, il continue à chuchoter. Son retour est sans appel.

— Eh bien moi je crois que si.

Le toubib ose un sourire franc. Il refuse d'entrer dans les détails de notre intimité, d'en franchir le seuil, mais il peut me l'affirmer, Jeanne mérite de dormir un peu. Pourquoi ? Parce que Jeanne est épuisée. Certaines situations, m'explique-t-il, même les plus banales en apparence, ne le sont jamais tout à fait, même jamais tout court. C'est vrai pour les choses du cœur. On prétend à tort que c'est tout le temps la même eau qui tourne. C'est faux. La raison ?

Ce ne sont pas les événements qui comptent mais la façon dont nous en accusons réception. Est-ce que je peux comprendre ça ? Ce qu'a vécu Jeanne en tombant amoureuse d'un autre homme n'appartient qu'à elle et reste singulier puisque nous sommes uniques. C'est le problème lorsque nous tombons, nous oublions qu'il n'y a pas de formule magique, surtout pour ce genre de peine. En fait, poursuit-il, il n'y a pas la solution, pas de remède. Nous sommes la solution, le remède. D'abord le poison, ensuite l'antidote ; au milieu, le champ de bataille de nos émotions. Et pour trouver le remède en nous, il faut du temps, du calme et donc du repos.

Jeanne mérite de se reposer.

La voix du toubib monte d'un cran. Takosubo. Est-ce que je connais ce mot japonais ?

— Cela veut dire « piège à poulpe » en français. Il est également appelé le syndrome des cœurs brisés ou ballonisation apicale. C'est moins romantique mais assez parlant. Je vous explique. D'un point de vue purement médical, le Takosubo est une cardiomyopathie consistant en une sidération myocardique. Il survient après un stress émotionnel important, comme une rupture amoureuse. Cette cardiomyopathie de stress peut apparaître après un stress physique ou psychologique intense, un deuil, un divorce, une colère, de l'anxiété, toutes sortes de problèmes financiers ou professionnels. Ça touche surtout les femmes de plus de cinquante ans, plus rarement des sujets plus jeunes. Elle se traduit par des signes qui font penser à un infarctus aigu du myocarde.

— Mais les gendarmes m'ont dit qu'elle n'avait rien...

— Elle n'avait rien en arrivant ici, du moins en apparence. Et puis nous avons pratiqué une batterie d'examens pour comprendre. Jeanne n'a pas sauté de la falaise, Jeanne n'a pas trop bu : elle a fait un malaise et elle est tombée. Et c'est loin d'être bénin, le taux de mortalité pendant cette phase est du même ordre de grandeur que celui des coronaropathies aiguës. Vous me suivez ?

Le médecin ouvre son dossier.

— Regardez. La ventriculographie pratiquée lors de la coronarographie révèle un ventricule gauche déformé, avec un ballonnement apical, vous voyez la forme d'amphore. Monsieur, non seulement votre femme va devoir suivre un traitement pendant quelques semaines mais surtout elle va devoir s'isoler au calme. Une maison de repos me semble être tout à fait appropriée, et surtout aucune visite. Même pas de vous. Surtout pas de vous.

40

Constance, Céline et les enfants ont rejoint la table avec le dessert. Mon frère nous a entraînés dans la cuisine. Il vérifie par la fenêtre qu'aucune oreille ne traîne derrière la porte. Debout dos à l'évier, mon père l'interroge. Quelle mouche a piqué Marc ? Pourquoi est-il si agité ?

Papichat se rajuste, il abandonne son rictus, les vertiges de sa bonne humeur, cette joie de façade. Il se passe un peu d'eau sur le visage et revient à la charge, beaucoup plus grave, comme nous le devenons lorsqu'on réalise que le ciel a déjà tourné et qu'un autre décor nous convie. Marc avance deux chaises et nous invite à nous asseoir. Mon père se pose en un soupir, se tend et m'interroge du menton. Même sa respiration a changé. J'écarte les bras, en signe d'impuissance. Marc abrège le suspense et nous parle d'un chiffre. 38, 38 mm, et se tait. Sa voix a du mal à ne pas trembler, ses épaules se soulèvent, son masque de certitudes tombe peu à peu, un air d'enfant perdu le remplace. Il se reprend, se redresse ; je revois mon frère d'avant, le courageux et fort, qui me protégeait face au vent, face aux chevaux et à leurs dérobades, près de la mare. C'est ce garçon-là qui reprend la conversation devant notre air interloqué.

— C'est la taille d'une balle de ping-pong.

— Et alors ? répond mon père. Qu'est-ce que le ping-pong vient faire dans cette cuisine ?

Marc soutient son regard. C'est à peu de chose près la taille de la grosseur que les médecins ont trouvée dans son crâne. Mon frère arrête là la métaphore et change de ton pour lâcher ses bombes. Gliome et glioblastome. Puis vient enfin le mot fatidique, la sentence qui éclaire nos esprits embrouillés : tumeur.

Il est debout face à nous, et doucement, pour ménager mon père, poursuit ses explications. Ses mots sont de plus en plus précis et nous écrasent : astrocytome malin de type 4.

Tout s'accélère dans ma tête ; la voix de mon frère, elle, ralentit encore. Il a besoin d'être clair.

— C'est la forme de gliome la plus répandue, 20 % des cas de tumeurs primitives du cerveau. L'une des formes les plus agressives aussi. Évolution : deux à trois mois. Survie estimée : quelques mois. La balle de ping-pong va atteindre les 4 cm sans forcer.

Mon père est pâle, sa bouche est sèche, il cherche ses mots, ne les trouve pas et d'une voix blanche pose cette simple question :

— Depuis quand ?

— Quelques semaines. Ça va crescendo.

Marc reste flou sur le début du cauchemar. Il raconte : les premiers maux de tête du premier matin, puis les autres réveils douloureux, les nausées, la cuvette des chiottes. Le déni. La vie qui continue, et le premier rendez-vous rassurant chez le médecin, le « truc » qui ne passe pas et très vite les examens complémentaires, l'IRM, nette et précise. Il peut encore vivre presque normalement. Quand la douleur lui offre un peu de répit, il est celui qu'on connaît, part courir, joue au tennis. Mais derrière les apparences, il le sait, ses jours sont comptés. Il évoque Constance, son courage et sa ténacité, parle de ses garçons au pied d'un cercueil, m'offre sa main.

Voilà, nous savons. Seule Constance était jusqu'ici au courant. Son cancérologue l'a appelé hier soir, il veut le revoir demain, les nouvelles analyses ne sont pas franchement terribles.

Le coup de téléphone, ce n'était rien d'autre qu'une mauvaise nouvelle, certainement pas le chantier de sa vie. Quoique si, finalement. Je n'ai rien vu, je me suis contenté de croire ce qu'il inventait. Trop obnubilé par mon histoire avec Jeanne.

Je m'en veux.

Je prends mon frère dans mes bras.

Il me fait promettre de bien m'occuper de ma mère. De veiller sur Constance et ses enfants, le jour où… Ce que l'on dit dans ce genre de circonstance, ces mots auxquels on n'a jamais pris la peine auparavant de penser clairement.

Alors, je promets.

41

À peine tombée sur le bitume la pluie meurt sur le sol, s'épuise dans les flaques. Il apparaît, trempé dans un imperméable informe. Il erre sur le parking des urgences avec cet air encombré, et intimidé.

Comment sait-il qu'elle est là ?

Je n'ai pas à lui poser la question, c'est la première chose qu'il me raconte. Il a appelé tous les hôpitaux, un par un, s'est fait passer pour son compagnon. Quelqu'un a fini par lui répondre que Jeanne avait été admise ici.

L'amant de ma femme n'était jusqu'ici qu'une image, celle des affiches de films dans lesquels il avait joué, celle des photos glamours et absurdes des magazines people qui illustrent des articles sur des pages entières et que j'ai parcourues vaguement sur les tables basses des salles d'attente sans me douter une seconde qu'un jour, Jeanne…

Depuis le début, il n'est qu'une image désincarnée. Je refuse d'imaginer un homme avec sa vie, son boulot, son environnement, une famille, des enfants de l'âge des miens, une femme, un premier et un second mariage, des parents plus vieux que les miens, ces choses-là. Je ne veux ni adresse, ni immeuble, ni digicode, ni étage, aucun détail sur l'autre appartement de Jeanne, puisqu'elle a fini par y vivre la moitié du temps.

L'image qui a donné la réplique à ma femme, et lui a permis de faire décoller sa carrière, s'évapore. Elle laisse la place à ce type ordinaire planté dans le parking sordide de ce CHU. Il est là, emmitouflé, la gueule de travers, ni éclairée ni maquillée, les yeux gonflés, soulignés par d'épais cernes violets. Il est là, nerveux, fatigué d'avoir si peu dormi à cause d'elle, de s'être rongé les ongles, d'avoir trop fumé, si loin de l'image lisse et virile qu'il a patiemment construite, rôle après rôle, et qui a dû au départ sûrement fasciner sa maîtresse, ou du moins l'attirer.

Il est là. Il sort un paquet, me propose une cigarette. Ce n'est pas l'heure du calumet de la paix mais des explications. Il admet, il baisse son regard pour chercher son courage, se frotte les yeux et me sourit.

Je n'en suis plus à m'imaginer foncer sur mon rival, je ne suis pas dans ce genre de violence. Je suis stupéfait de le découvrir devant moi, sans avoir eu besoin d'aller le trouver et de l'attendre. Il respire lentement et il commence son récit de leur dernière nuit.

— Jeanne est devenue folle.

Ça commence mal. Je peux tout entendre sur ma femme, qu'elle a perdu le contrôle, qu'elle n'est plus elle-même, mais folle non, pourquoi pas « hystérique » aussi, comme disent les hommes qui ont tué leur compagne dans leur déposition au commissariat ? Il se reprend sur le mot « folle », présente ses excuses pour l'expression et recommence. Il me raconte que Jeanne a pris ses affaires pour rentrer chez nous, comme elle prenait scs affaires pour partir chez lui. Ils ont bu pas mal pour se détendre. Le ton est monté. Il a ouvert la porte et lui a ordonné de foutre le camp. Elle s'est immobilisée, et a fait marche arrière.

Jeanne s'est roulée en boule sur le canapé quand les spasmes ont commencé. Il n'est jamais parvenu à la calmer. Jeanne a crié, hurlé comme un chien attaché à un arbre une nuit de fin du monde. Elle n'en pouvait plus. Elle n'en pouvait plus d'être écartelée, sa tête, disait-elle, prenait feu, elle demandait pardon, suffoquait.

Elle nous aimait et ne pouvait se résoudre à choisir. Elle nous aimait tous les deux, pour des raisons différentes, et ça n'avait rien à voir avec nous. Ça avait tout à voir avec elle, elle en était consciente.

Jeanne avait besoin de nous deux. Elle le savait parfaitement : sur ce genre de chemin insensé, l'existence est impossible, les choix aussi. Prétendre aimer deux personnes à la fois, c'est n'aimer personne à la fin.

La vie est sans pitié, sans clarté.

— Je ne crains pas que tu t'en ailles. J'ai peur que tu me hantes.

C'est la dernière phrase qu'il a prononcée ce soir-là, quand Jeanne a claqué la porte. Il était persuadé qu'elle reviendrait, qu'elle lui écrirait le lendemain. Mais elle ne l'a pas fait, et elle a cessé de répondre à ses messages. C'est là qu'il a commencé à vraiment s'inquiéter. Il l'a d'abord attendue au pied de la maison, planqué dans le café d'en face, où ils se rejoignaient parfois, et quand il a compris qu'elle avait disparu, alors il a tout imaginé.

Voilà.

Il me le dit franchement. Il me le dit simplement.

Il reviendra la chercher.

42

Le jour décline. Le vent s'est levé, l'air s'est rafraîchi, le ciel a convoqué quelques nuages, les enfants sont rentrés se mettre à l'abri et Paprika ne s'est pas réveillée.

Caché derrière ses lunettes de soleil, mon père se tait, il me fait un signe juste avant de démarrer, le pouce et l'annulaire vers l'oreille. J'acquiesce. Nous reparlerons plus tard de tout ça, nous prendrons rendez-vous, un déjeuner par exemple, c'est bien, les déjeuners, ça permet de régler les affaires courantes. Céline baisse le pare-soleil, elle tourne la tête de l'autre côté comme pour ne pas en rajouter.

Mon frère a rassemblé ses affaires.

Le coffre de la voiture se referme. Les deux garçons sont déjà ceinturés à l'arrière. Constance ouvre sa fenêtre, retient ses larmes. Mon frère m'embrasse, je le prends encore une fois dans mes bras.

Je repense à notre enfance, à la confiance et aux rires le soir pour se rassurer, à nos histoires, à nos rêves de chevaux et de peintures de guerre.

Je veux m'écarter un peu du réel, de ces fins qui s'annoncent, de ces tournants et de ces murs infranchissables qui soudain se dressent et que nous sommes forcés d'affronter. Ai-je encore le temps de m'y préparer ?

Il s'écarte de mes bras, me fixe comme pour m'immortaliser dans sa mémoire et peut-être me dire : « On se voit vite, prends soin de notre mère, c'est à toi de jouer désormais, je m'occupe du reste, de ma maladie, de la fatalité, de tuer la tumeur, et de vivre. »

— Embrasse Jeanne de ma part.

Ce sont ses derniers mots.

Il ouvre la porte et s'installe au volant du vaisseau. Il se redresse. Fier, un peu encore.

J'appelle les filles. Elles me rejoignent pour l'au revoir qu'on lance d'un geste de la main quand une voiture s'en va et que le clan se dissout.

Au loin, la pluie s'annonce.

La voiture s'éloigne et disparaît tout à fait.

Deuxième partie

Une vague monte à l'intérieur de moi, une boule dans la gorge la retient.

Mon travail, mon frère, mes parents, Jeanne, la baïonnette.

Je serre contre moi mes enfants.

Troisième partie

Deux ans après

43

Le soleil s'est décidé à cogner vers 10 heures et déjà cette journée de printemps se prend pour une matinée d'été. Ce jour de Pâques va battre des records de chaleur. Les volets s'écartent gentiment. En pleine conversation avec ses plantes, Paprika, déjà debout, déambule dans son jardin, sa tasse de thé à la main. J'ouvre la piscine hors saison, les filles vont adorer s'y baigner. J'envoie un SMS à Jeanne : a-t-elle pensé à prendre son maillot de bain ?

Café, jus d'orange et confitures maison, ma mère a mis sa plus belle nappe sur la table de la terrasse pour le petit déjeuner. Elle glisse les clés de la Jaguar dans ma poche.

— Prends trois baguettes et le pain de campagne pour l'agneau pascal.

— OK, Maman.

— Et deux croissants pour ton père, il adore ça, tant pis pour son régime.

Je ne les ai pas entendues descendre ; Claire et Zélie débarquent en chemise de nuit et virevoltent autour de moi, deux mésanges autour d'un sac de graines.

— On vient avec toi, Papa !

— Et qui va s'occuper de Victor ?

Claire répond du tac au tac à sa grand-mère :

— Bah toi, Paprika ! En plus, il pue, faut lui changer sa couche et son père dort encore. C'est pour toi, le cadeau ! Et t'as promis d'arrêter de fumer.

Paprika écrase par terre la cigarette qu'elle vient tout juste d'allumer, la ramasse et, les mains sur les hanches, lui rétorque :

— Ça va, c'est qu'une cigarette, et la première en plus.

— Paprika, le médecin a dit non. Sinon tu vas recommencer à trembler !

— C'est pas la cigarette qui cause les tremblements, ma chérie. Bref, à moi les basses besognes mes oiseaux, d'accord pour torcher le petit.

— Il pue et il a une dent qui pousse, il pue et il a une dent qui pousse, il pue et il a une dent qui pousse ! Bon courage, Paprika !

Troisième partie

Je démarre la voiture. À l'arrière, les filles, surexcitées, commencent à chanter.

— Maman va venir aujourd'hui, Maman va venir aujourd'hui !

44

Je dépose le pain et les croissants encore chauds sur la table et ouvre le parasol.

Ils sont installés dans la bibliothèque. Un filament de lait au coin des lèvres, Victor s'égaie sur son tapis d'éveil, avec des cubes et sa girafe en caoutchouc, il rote, pète, tape dans ses mains et pousse un cri de félicité vers les poutres du plafond. Enfoncé dans son fauteuil, son père joue aux échecs sur son iPad et le surveille mollement du coin de l'œil.

À quoi pense-t-il ?

Dehors, Paprika s'adresse toujours avec déférence à ses plantes. Les filles sont montées se changer.

La maison renaît des cendres de la nuit.

Papichat ne me sent pas l'observer dans l'entrebâillement de la porte.

Le tableau est sidérant : à l'âge d'être grand-père, mon père veille sur cet autre fils en garde alternée. Presque quarante années me séparent de ce petit frère.

Mon père a joué et il a perdu. Confortablement installé, il trône là, moulé dans un pull vermillon, des faisceaux de poussière tournoient sous les rais du soleil ; on dirait qu'il sourit, le bon vivant met un point d'honneur à toujours se présenter sous son meilleur profil.

Depuis que Céline est partie, il est revenu vivre ici avec l'accord de ma mère. Endormi dans un vase, un bouquet de pivoines éclate. Indifférent à la chute des pétales, Papichat donne l'impression d'avoir toujours été là, que rien au fond n'a changé. Pourtant tout a changé depuis son départ pour cette autre vie.

Mon père en a terminé avec sa folle odyssée. Son Ithaque, c'est le cœur de Paprika, son cœur en foutoir à cause de lui, cette maison de famille, ces chambres aux noms de couleurs et leurs souvenirs, ces trois étages, ce grand escalier aux pierres silencieuses peuplées de fantômes, et ce jardin devant. Imperturbable, il semble serein avec son fils à ses pieds et leurs soixante-cinq ans d'écart.

Victor s'ébroue sur son tapis, et mange la tête de sa girafe en caoutchouc. Indifférent aux couinements du jouet, Papichat poursuit sa partie, pousse un soupir d'aise. Il existe des gens qui trouvent toujours le moyen d'être heureux.

Comment fait-il ?

Encore un sujet qui reste en suspens entre nous. Nous n'avons jamais évoqué le départ de Céline six mois après la naissance de Victor. Cette fois, il ne s'est pas donné la peine de nous convoquer, de prendre la parole en public et de nous expliquer les charmes de la vie légère.

Papichat est en train de divorcer de son nouvel amour. Son printemps a fondu, sa terre promise n'a pas tenu ses promesses et sa seconde vie s'est fanée.

Comment mesurer la profondeur de cette entaille ? Que lui dicte son cœur à présent ?

Elle l'a quitté pour un autre. C'est aussi simple que ça. Un jeune a pris la place de mon père. Céline s'est volatilisée au bras d'un homme de mon âge.

Au bout d'un certain temps, l'amour, c'est comme l'entreprise, une question de générations.

Il ne l'avouera jamais. Il évitera le chemin des justifications. Il ne nous racontera pas ce licenciement. Nous ne le lui dirons jamais, mais nous avons tous reçu la même lettre : les adieux de Céline, ses explications et ses très vagues excuses.

A-t-elle douté au moment de lever l'ancre, ou ne s'est-elle posé aucune question, comme quand elle a laissé mon père s'aventurer dans sa vie et s'y leurrer ?

On a les états d'âme qu'on peut quand on s'imagine naïvement qu'on a encore la vie devant soi.

La conne.

Ma mère, un matin, a pris l'initiative. Elle a démarré la Jaguar, déterminée à retrouver celui qui l'avait abandonnée des années plus tôt pour suivre sa route, avoir l'impression de vivre fort, continuer à bomber le torse, et coûte que coûte imposer aux autres sa vision du monde, l'éclaircie de sa prétendue liberté. Elle lui a rouvert sa porte et l'a installé ici.

Ma mère a eu ce courage.

A-t-il toujours su que cela finirait de cette façon ? A-t-il attendu ce moment ?

Il est des histoires d'amour qui ne se terminent jamais, malgré les détours et les contretemps, les ruades de l'existence, les coups du sort, les formes que l'on tente de mettre à ses choix, par-delà le bien, par-delà le mal, cette tentation de tout détruire. Il est des histoires qui ne finissent jamais.

Il va mieux.

Le jour de l'enterrement de mon frère, mon père a débarqué seul, effondré, anéanti, voûté pour la première fois de son existence. Il avait pris un siècle, il avait l'air vieux, très vieux, si vieux, submergé par le chagrin qui noie ceux qui ont perdu un fils. Au cœur des ténèbres, ma mère a pris place à ses côtés. Il n'a pas eu le courage de la regarder, mais elle a eu celui de lui prendre la main.

Devant mon père et son fils, une image de Marc me revient.

Il est allongé sur son lit d'hôpital, la tête tournée vers la fenêtre. La douceur du soir se pose sur son corps épuisé, une joie inentamable se grave sur son visage pâle, ses traits fatigués. Son air est doux quand il me considère, nous nous sourions sans un mot pour la dernière fois, nous le savons tous les deux. Tout se déchire en moi face à cette part d'enfance qui s'éteint. Je me penche sur son front, respire son souffle chaud, et remonte sa couverture. Nous n'avons pas besoin de mots, ce que nous sommes au fond et que nos vies nous ont fait négliger renaît en un éclat quelques heures avant sa disparition. C'est un feu.

Nous sommes plus que deux frères à ce moment-là, nous en convenons en un sourire. Le sien illumine son visage et me donne une force insoupçonnée.

Notre lien est immortel. Je le sais désormais.

Mon frère disparu me revient pour toujours.

Aujourd'hui, il me manque et remplit ma vie chaque minute.

J'en ai perdu, du temps.

Papichat attrape Victor, le pose sur ses genoux. Il manque de se faire éborgner, en rigole, et l'enfant aussi s'en amuse.

Dehors, ma mère nous appelle pour le petit déjeuner.

Vers le jardin, j'en suis sûr.

Ce n'est pas Céline, ni la mort de Marc qui a réuni mes parents, c'est l'immensité d'autre chose.

Leur incassable union a eu raison des épreuves.

Claire et Zélie émiettent leur croissant. Je leur sers un jus d'orange.

Mon père a une chance folle d'avoir connu ma mère et son amour si grand qui protège des nuits les plus glaçantes et des froids sombres de la solitude.

Il nous rejoint avec son fils dans les bras.

Une part de moi le plaint d'avoir tourné le dos à sa route, d'avoir tenté de s'écarter de son chemin, avant d'y être ramené par les circonstances. La vie prend parfois de curieux tournants quand elle est tentée par l'école buissonnière.

Il s'assied.

Se pose-t-il seulement la question, ou se contente-t-il encore une fois de retomber sur ses pieds, chat de gouttière programmé pour le moment présent, de s'en satisfaire, s'en foutre même et simplement sourire à l'existence ? Il est peut-être là, son secret. Dans cette soif plus forte que tout, cette désinvolture qui protège, ce contestable égoïsme.

Papichat, d'où te vient cette ressource, ce ressort dont je me sens totalement dépourvu ?

Et ma mère ?

Et toi, Paprika ?

Ce refuge.

45

Claire et Zélie jouent au bord de la piscine. Sur la pointe des pieds, Claire mime le geste parfait et apprend à sa sœur à plonger. Zélie a peur de se lancer ; elle écoute un peu chancelante les conseils de sa jumelle plus téméraire, gagne en confiance puis hésite de nouveau. Elle tourne autour de son indécision, clle se reprend et se lance. Un plat. Elle sort de l'eau sous les encouragements de Paprika, attend, tremblante, le verdict.

Sa grand-mère a relevé son pantalon, exulte les pieds dans l'eau.

— Essaye encore, ma chérie !

S'obstiner. Encore et encore. C'est aussi ça, vivre. Recommencer des millions de fois jusqu'à parvenir à se faire confiance. Y croire, c'est psalmodier, tout est là, mon enfant.

Allez Zélie !

J'emboîte le pas à Paprika et encourage ma fille à y retourner. Un, deux, trois, plongeon.

Sous la chaleur, j'éprouve pour la première fois depuis longtemps une joie profonde.

Satori.

Une voiture arrive vers la maison, je reconnais assez vite sa forme de vaisseau. Un pieu s'enfonce dans mon ventre. Constance a pris la place de mon frère au volant. Elle se gare et descend, encadrée par ses deux fils. La main en visière, moulée dans une robe en coton bleu pâle, ma belle-sœur nous fait signe et sourit en avançant d'un pas vif.

Dos au soleil, Paprika lui offre quelques pas de danse en guise de bienvenue. Elle trouve que sa belle-fille resplendit et que les garçons se sont étoffés. Depuis la mort de Marc, quelque chose a changé. On dirait que Constance s'est redressée, elle est devenue une autre femme. Ma belle-sœur irradie ; elle a glissé une bouteille de champagne dans son panier de chocolats.

Ses verres fumés lui mangent le visage, des larmes coulent sous les apparences, elle ne perdra pas le contrôle, elle me sourit pour se défendre et, empêtrée dans cette vague, me fonce dessus. Je lui ouvre mes bras. Même sa voix est différente.

Troisième partie

Est-ce que la mort parfois vous remet au monde et vous recrache à la vie ?

Elle est heureuse de me retrouver.

Moi aussi.

46

On avait froid, dans cette église. Mon père avait l'air d'un vieillard, à côté du dos droit de Paprika dont la dignité tentait de camoufler le chagrin face au cercueil de son fils.

Je tenais mes filles par les mains. Enfin, ce sont elles qui tenaient leur père, tandis que ma mère portait le mien à bout de bras. Sans la force et le courage des femmes, les hommes ne peuvent pleurer leurs morts en paix.

Constance soutenait ses garçons. Elle était digne et forte elle aussi. Poupée de cire, tête haute.

Dehors, la rage d'un orage terrifiait. Au cimetière, Gabriel et Nicolas, les fils de mon frère, n'étaient plus que deux ombres trempées. Claire et Zélie sont sorties du rang sans prévenir pour les épauler, et alors ils ont pu balbutier le court texte qu'ils avaient préparé pour dire adieu à leur père, à mon frère.

Et j'ai senti sa présence. Elle avait fini par arriver. Sous les trombes d'eau, j'ai dit merci à Jeanne d'être à mes côtés. C'est moi qui lui ai pris la main, elle a accepté de me la donner.

Une dernière fois.

Le vent cherchait à fracturer le silence. Et là, dans le reflet du marbre noir, j'ai fini par admettre qu'elle m'avait vraiment quitté.

47

Le soleil est tout en haut et nous écrase en bas. Le jardin de Paprika crève de soif. Je l'arroserai encore ce soir. Ma mère me laissera faire ; elle restera derrière moi, je sentirai sa présence, nous n'aurons pas besoin de mots. Elle tentera de faire diversion en traquant les mauvaises herbes dans l'allée de gravillons, accroupie. Son sécateur et ses gants accrochés à la ceinture, elle ramassera sa récolte avec douceur dans son tablier.

Jaune, rose, orange, pourpre. Le soleil sortira sa palette et entamera sa descente en s'étirant complètement sur l'horizon. Dernier stretching diurne avant l'obscurité. Juste avant la nuit s'amorcera un théâtre d'ombres. Épargnés par le contrejour, nous camouflerons notre peine.

Paprika donnera le signal. Elle sifflera quelque chose, en se rapprochant de moi. Je la sentirai s'approcher dans mon dos, elle s'arrêtera à portée de souffle et comme chaque soir depuis qu'il n'est plus là et que je viens lui rendre visite, nous attendrons un signe de mon frère. Nous guetterons dans cette nature la moindre trace de son écho. Nous patienterons, debout dans le jardin silencieux, nous écouterons. Un chevreuil viendra danser sous nos yeux mi-clos, sa présence nous réconfortera et, sa mission de consolation terminée, il se volatilisera.

Je serai absorbé par une image, un souvenir avec Marc. Le passé viendra me happer, le parfum de l'enfance comme un baume. L'un de nos moments ressuscitera des entrailles de ma mémoire. Depuis qu'il n'est plus, mon frère revient parfois jouer avec moi dans les couloirs du deuil. Certaines nuits, nous rions.

Le soir qui tombe lui est consacré.

Paprika achève notre rituel dans mes bras.

Elle sonne le début des festivités. Il est l'heure de mettre la table et de s'activer pour le déjeuner. Je sors les transats et déplace le parasol. Ma mère sent le whisky de nouveau et a envie de danser. Je la fusille du regard, elle me jure que non, elle n'a pas recommencé à boire, c'est vrai qu'elle tremble moins qu'avant, elle change vite de sujet :

— Est-ce que les filles connaissent France Gall ? Non, parce que *Résiste*... C'est quand même un peu plus moderne et féministe que *La Groupie du pianiste* de Michel Berger et monsieur qui ne pense qu'à lui sur son piano. Nom de Dieu, qu'est-ce que ces deux-là s'aimaient tout de même ! Max, sois gentil, sois doux avec mon tourne-disque, il a presque ton âge. Les filles ! Écoutez ça et venez danser !

Papichat sent l'after-shave et le parfum capiteux de Paprika. Il s'en asperge plusieurs fois par jour depuis qu'il est revenu. Elle somme son nouveau colocataire de nous rejoindre ; mon père ne se fait pas prier. Il danse avec son fils dans les bras, Victor est en joie, son pouce enfoncé dans sa bouche. Son ventre de bouddha déborde. Il se retrouve dans les bras de ma mère et roule ses yeux dans un fou rire. Un cercle se forme, Zélie attrape la main de sa sœur, Claire celle de Gabriel, Gabriel celle de Papichat, Papichat celle de Constance, Constance celle de Nicolas, Nicolas la mienne, la mienne celle de ma mère. Et dans cette ronde, nous chantons et nous rions tous ensemble, pour la première fois depuis longtemps,

« Résiste, prouve que tu existes. »

Mon téléphone vibre dans ma poche. J'attends que la musique s'arrête pour le consulter. Un message de Jeanne. Elle ne va plus tarder.

— Ils seront là dans un quart d'heure.

48

Depuis le ciel, mon drone ne rate aucun détail de la vie d'en bas, pas même les plats sur la table du déjeuner. Je filme depuis qu'ils sont arrivés ; je me repasserai ces images un jour, demain, dans une semaine, un soir de sommeil éventré, si jamais il m'arrivait encore de douter, et que l'espoir de revenir en arrière se pointait pour me trouer la peau de nouveau.

De là-haut, je les ai vus se garer, s'extraire de leur voiture comme un couple, déployer fiers et droits leur histoire devenue légitime.

Je les ai observés, dans mon écran de contrôle, être si bien accueillis par ma mère, mon père, mes enfants. J'ai pris de l'altitude pour m'épargner leurs accolades, j'ai détourné le regard. En bas, ma famille n'était plus que de petits points sombres.

Puis la machine a piqué vers eux, Jeanne s'est retournée vers l'œil de la caméra avec nervosité, le grand acteur lui a pris la main comme s'il craignait que l'oiseau de métal ne la lui arrache.

Ils se sont habitués à la présence de l'engin et ont fini par m'envoyer un signe amical, le grand acteur s'est même fendu d'un baiser soufflé.

Je l'ai salué avec mon drone et j'ai envoyé l'appareil capturer sur chaque convive, là une expression, là un geste, ici une attitude, un regard, une attente.

J'ai chargé ma carte mémoire du sang de ces retrouvailles et, enfin rassasié, j'ai redécollé aussi sec. Mes parents ont crié mon prénom et levé les bras vers la machine qui s'éloignait.

— Max, rejoins-nous ! Jeanne est arrivée. On va pouvoir passer à table et lancer enfin la chasse aux œufs pour les enfants.

Je suis resté en l'air sans trop savoir pourquoi. J'ai attendu depuis là-haut que la famille s'installe, que chacun prenne place autour de la table pour le déjeuner et que Paprika entre en scène.

J'ose un dernier piqué, immortalise l'agneau pascal et remonte illico poser enfin mon drone sur le rebord de la fenêtre avant de quitter ma chambre pour les rejoindre.

Je me faufile entre les éclats de rire, je n'ai pas vraiment faim.

La chasse a été fructueuse. Une montagne de chocolat est posée sur la table. Le panier en osier est en piteux état ; après la récolte, la guerre du partage a fait rage. Hilarité face au trésor, les filles et leurs cousins ont laissé parler leur instinct et commencé à se régaler. Claire et Zélie ont des moustaches en chocolat : les œufs ont fondu sous le cagnard, elles en ont partout sur les mains, le nez, et leurs cousins aussi. Paprika fume une cigarette en cachette, mon père tire dessus, il s'est remis à fumer depuis sa séparation et dévore ma mère des yeux. Papichat suit Paprika comme son ombre ; elle se régale de ces prérogatives, le laisse lui courir après et la courtiser avec une certaine satisfaction. Le doudou de son fils dépasse de la poche de son chino, il a du vomi sur sa chemise en coton et du lait sur ses espadrilles. Victor s'est endormi dans les bras de Constance, ma belle-sœur écoute Jeanne qui tente d'organiser la répartition des derniers œufs fondus en agitant un grelot.

La mère de mes enfants a noué ses cheveux mouillés dans un foulard en soie et enroulé une serviette autour de sa taille. Un coup de soleil fait ressortir ses taches de rousseur et le blanc de ses yeux bleus, son sourire écarlate répand la joie autour. Bordel, qu'est-ce qu'elle est belle ! On est loin de la fin du monde et des atermoiements, du bord de la folie et du précipice, à mille lieues de la pâleur de la chambre d'hôpital, des crises de vie qui vous paralysent, du cœur en zigzag, et de cette fêlure, des pièges à poulpe, du Takosubo. Jeanne est heureuse et ça se voit, Jeanne est heureuse et ça s'entend, Jeanne est heureuse et le fait savoir, elle est remise de notre émotion. Jeanne a choisi son camp et m'a laissé sur le flanc.

Qu'est-ce qu'elle est belle !

On dirait qu'elle a toujours été avec lui. Et l'autre avec son corps magnifié nous gratifie d'un crawl de Tarzan dans la piscine. Il éclabousse mes filles ; elles s'esclaffent, cherchent à grimper sur son dos. Mes enfants l'adorent. Les filles aussi sont revenues du combat, de la séparation de leurs parents. Elles se sont remises de notre folie, des trahisons, et de notre amour mort. Elles ont résisté à notre fin, en ont pris leur parti et ont continué à bien grandir.

Claire et Zélie ont désormais une passion pour le grand acteur, elles aiment son appartement haut de plafond, sa lumière zénithale, leurs nouvelles chambres et ses enfants aussi. Elles ont pris leurs marques, il est gentil avec elles, gentil et drôle ; en plus du reste, il cuisine comme un chef étoilé, joue du piano comme Chopin, ce mec m'emmerde à l'infini, avec ses qualités, son talent, sa réussite et sa notoriété qu'il ne ramène pas en famille.

Je le hais.

Paprika est tombée sous son charme. Elle ne m'a pas épargné son diagnostic :

— Mieux vaut se faire piquer sa femme par M. Parfait que par un psychopathe ordinaire.

Nous en sommes tout de même convenus : j'ai pris une sacrée raclée.

— Au moins, elle ne nous a pas ramené un ministre ou son gynécologue. Les artistes, c'est beaucoup plus charmant que les médecins et les politiques. Bon, un chanteur, ça aurait été le must, il aurait pu m'accompagner au piano toutes les nuits… Eh oui, je ne pense qu'à moi !

Elle a éclaté de rire et a ajouté :

— Rien n'est grave, rien n'est jamais grave, mon chéri, sauf la mort d'un enfant.

J'ai trouvé sa cachette à whisky.

Le grand acteur est sorti de l'eau en essuyant les poils de son buste de buffle. Il trouve que je ressemble à mon père. Il me tend son verre d'une main, en ajustant ses lunettes de soleil de l'autre avant de se recoiffer de peur que je ne remarque sa calvitie. Il a l'air de vouloir trinquer avec moi.

C'est la première fois depuis notre séparation que je n'ai pas envie de lui casser la gueule. Cette remarque a l'air de l'amuser. Je n'ai pas envie de lui casser la gueule, mais je suis à deux doigts de le tuer, pour qu'il ne s'approche plus jamais de Jeanne et de mes enfants, et que je retrouve enfin ma famille.

J'ai trop bu. Le rire de Jeanne me rend ivre de tristesse. C'est la vie.

Paprika m'a ramené à la raison, c'est elle qui m'a convaincu d'accepter. Elle m'a ordonné d'être beau joueur à mon tour, de faire passer le bonheur de ma femme avant toute chose et, par capillarité, celui de mes enfants. Souhaiter le meilleur à l'autre quand il s'en va est la preuve ultime de l'amour.

— On ne retient pas un cœur qui bat pour un autre.

Combien de fois m'a-t-elle répété sa leçon ?

— Ça ne sert à rien de lutter, l'amour, ça va, ça vient, mon chéri, ce n'est pas un tour de force, mais l'art de laisser filer. Jeanne a le droit et le devoir d'être heureuse, et toi aussi. La peine et le chagrin sont un passage obligé, mais ton devoir, mon fils, c'est de voir devant, pour toi, pour les filles, et au nom de tout ce que ta femme t'a donné pendant toutes ces années. Tu comprends ? Jeanne ne sort pas de ta vie, elle sera toujours dans ta vie, mais différemment, tu dois te résoudre et continuer à lui ouvrir ta porte. À l'encourager. Tu seras toujours là pour elle. Et elle pour toi. C'est comme ça et c'est toujours mieux que de déclencher une Troisième Guerre mondiale, souffrir toute sa vie, perdre son énergie à sc haïr et à s'insulter. Ça coûte moins cher aussi. Bref, on a moins d'emmerdes. Regarde ton père et moi : nous n'avons jamais eu un mot plus haut que l'autre, il est parti pour cette cloche, je me suis vue mourir, et aujourd'hui ? Il dort dans la chambre d'amis. CQFD, mon chéri. Tchin !

49

J'ai fini par entendre ma mère.

Une semaine après son retour de la maison de repos, j'ai proposé à Jeanne d'arrêter de souffrir, d'oser être heureuse sans moi, et de ne pas avoir peur de suivre son cœur. Je lui ai assuré que je serais toujours là pour elle, quelque chose dans ce goût-là. Ma voix était calme, mais, à l'intérieur, une lame montait et descendait du bas de mon ventre jusqu'au haut de ma gorge.

J'ai repensé à la baïonnette.

Les séparations nous éventrent.

Jeanne a bouclé ses valises, je l'ai aidée pour ses cartons, et ma femme s'est installée chez le grand acteur. Elle a repris goût à la vie. Elle s'est même remise à travailler.

Nous avons organisé au mieux cette nouvelle vie, à califourchon sur nos emplois du temps.

Quand leur mère n'est pas en tournage, les filles font des allers-retours, elles oublient toujours quelque chose. J'adapte mon agenda sans m'y faire.

Le reste du temps, j'attends que les enfants reviennent et je cherche je ne sais quoi, la paix sans doute. Je ne veux plus appartenir à ce monde. Je ne veux plus me tuer dans un open space à vendre des drones. J'ai commencé à me mettre à mon compte ; je donne des cours de pilotage à des jeunes sans diplôme et ça me plaît de continuer à voler avec ces oiseaux-là, à l'air libre. Libre.

Je viens ici régulièrement m'occuper des affaires de Paprika et des détails de sa vie pratique, ses problèmes de Wi-Fi, de chauffe-eau, les relances du Trésor public. J'occupe la place de mon frère avec le réel. Mon tour est arrivé si vite. Je n'étais pas préparé.

J'ai commencé à écrire notre histoire. « Toute la famille ensemble ». Dans la chambre bleu coquelicot, je noircis des cahiers d'écolier. Ce matin, j'ai rédigé la scène de notre arrivée à la maison de Paprika.

« Nous sommes arrivés avant la nuit. Les filles avaient les yeux collés. Le sommeil leur est tombé

dessus sur l'autoroute ; elles m'ont confié leur innocence, se sont abandonnées en un claquement de doigts, ficelées dans leurs ceintures de sécurité. Leurs voix se sont arrêtées net, comme si quelqu'un avait tiré sur une prise et débranché les enfants.
Juste avant de s'éteindre, Claire et Zélie riaient fort à propos d'une histoire de cour de récréation, d'un dénommé Joseph et de la directrice, je ne sais plus très bien. J'ai fait un stop pour un plein d'essence, une bouteille d'eau. J'ai repris la route sans traîner. Elles ont commencé à danser, à se battre, puis à danser encore. Nous avons chanté pour tuer le temps long. J'ai tendu la main pour qu'elles y déposent un gâteau, mais ma main est restée désolée. J'ai entendu le silence tout envahir, les mouvements des têtes qui basculent vers l'avant, et les cheveux des jumelles ont masqué leurs visages comme des rideaux d'or. »

Écrire est une expérience qui rend joyeux et triste.

J'ai arraché la feuille et l'ai glissée dans la veste de Paprika. Je dépose des passages dans les poches de ses vêtements ou sous son oreiller, comme autant de secrets. J'ignore si elle m'en parlera un jour.

Maintenant que mon père est rentré, que Paprika semble aller mieux, et que Jeanne est heureuse enfin, je vais pouvoir prendre du champ, continuer à écrire peut-être, à voler sûrement, à vivre sans doute, sans aucun doute, plus aucun, pour la première fois, peut-être. Il est temps.

50

Le soleil amorçait sa descente quand Jeanne a donné le signal. Les filles ont traîné leurs valises jusqu'à la voiture. Le grand acteur les a aidées à s'installer à l'arrière, a vérifié leurs ceintures de sécurité avec toute la tendresse de l'univers et il a même caressé leurs cheveux. J'ai cru que j'allais dégueuler. Il est ressorti embrasser Paprika, dire au revoir à mon père, il a même enlacé Constance.

Monsieur fait désormais partie du décor et ce n'est pas du cinéma. Il m'a attrapé les poignets, a planté ses yeux dans les miens et j'ai entendu un « merci ». Jeanne est venue m'embrasser sans s'appesantir, les filles riaient déjà à l'arrière sans un regard pour moi.

C'est la vie.

Nous sommes restés en ligne les mains en l'air, le temps que la voiture disparaisse, et une brise légère s'est enfin décidée à tomber sur cette journée suffocante. Mon père a pris ma mère par la taille. Paprika s'est penchée dans son cou.

Les parents ont proposé à Constance de rester dîner. Elle a décliné l'invitation, avant de ramasser ses affaires à son tour. Ses garçons m'ont aidé à ranger la piscine, à plier les transats, nous avons fait la course jusqu'aux communs. Je me suis revu à leur âge en train de jouer avec Marc dans ce capharnaüm et de nous inventer des histoires.

J'ai observé le champ désolé, j'ai attendu un signe, et le chevreuil est revenu danser dans le jour déclinant.

Constance a battu le rappel et, à son tour, embrassé ses hôtes. Elle a pris place dans le vaisseau spatial et s'est installée au volant. Elle a ouvert sa fenêtre et m'a fait signe d'approcher.

— Je t'ai trouvé très courageux avec Jeanne. Ce n'est jamais évident quand l'autre s'en va. Il paraît que c'est devenu simple de refaire sa vie. C'est des conneries tout ça. L'amour n'est pas qu'une question de formalités. On ne passe pas d'un sujet à l'autre comme ça. Nous n'arrêtons pas d'aimer en claquant des doigts. Quand c'est fini, ça recommence, dit la chanson. Pourquoi pas ? Pourquoi ne pas prendre le temps ? Les gens confondent trop souvent rupture et séparation. Rompre prend dix secondes, se séparer peut prendre une vie.

Ses yeux brillaient.

Je n'ai pas su quoi lui répondre et je suis resté là, désarmé. Mon père m'a passé le bras autour de l'épaule. Nous avons marché en silence vers la maison où Paprika nous attendait avec Victor en préparant son repas. Sur le pas de la porte, je l'ai entendu murmurer :

— Tu sais, Max, la vie est une pochette-surprise et un cadeau du ciel. La chance, c'est d'avoir une famille avec soi. L'idée, c'est de s'en rendre compte un jour.

51

Ça a commencé comme ça. Quarante-huit heures après mon départ de chez Paprika. Je ne dormais que d'un œil quand l'écran de mon téléphone s'est éclairé : un nouveau message.

Je n'avais pas enregistré son numéro. Je n'en avais pas eu l'idée ; les rares fois où je prenais contact avec eux, je m'adressais directement à mon frère.

Constance était émue de nous avoir revus, cette journée l'avait rendue presque heureuse, elle s'était sentie si bien avec nous, Gabriel et Nicolas étaient ravis d'avoir retrouvé leurs cousines, elle regrettait de ne pas s'être baignée, elle n'avait pas osé se jeter à l'eau malgré cette chaleur étouffante, elle trouvait que mes parents étaient fous, beaux et fous, fougueux, vivants, mon frère aurait adoré cet après-midi de Pâques gorgé de lumière, de joie et de légèreté. La vie lui avait paru presque splendide, le temps de cet interstice, elle était parvenue à se libérer de ce poids, de ce nœud dans le ventre qui dévore, elle avait retrouvé un peu de son souffle, même si, elle le sentait, rien ne serait plus jamais comme avant.

Je lui ai répondu ces choses qu'on répond dans un premier temps, en lui rendant la pareille.

Et une autre Constance s'est révélée sur mon écran. C'est monté progressivement.

J'ai regretté de l'avoir si souvent jugée ces dernières années, de l'avoir résumée à ce qu'elle dégageait dans l'ombre de mon frère, à ses silences, à mes agacements. Je m'en suis voulu de ne pas avoir su lire à travers les comportements de ce frère, ses postures de domination, sa volonté farouche d'exister, sa manière de monopoliser l'attention, d'imposer coûte que coûte l'image de réussite qu'il avait soif de cultiver. Je m'en suis voulu de m'être laissé aveugler par ses poses, ses incessants bavardages, sa manière bien à lui de garder la parole pour être toujours certain que personne ne l'oublie.

Être au centre, c'est se mettre de côté, laisser l'ombre vous gagner. Comment n'ai-je pas compris ces messages ? Comment ai-je pu ne pas traverser l'armure derrière laquelle Marc malade tentait de se dissimuler lorsque je l'ai vu encore en forme pour la dernière fois m'assommer de toutes ses forces pendant notre partie de tennis ?

Qui sommes-nous pour manquer autant d'attention et d'intuition ? Les chiens ont plus de flair que nous et quand nous sommes aveuglés par nos préoccupations, nous sommes des rats.

J'ai écrit ces choses à Constance, et, à travers elle, j'ai demandé pardon à Marc. Je n'ai pas su me relier à lui, contourner son arrogance de façade et deviner la souffrance de mon frère.

J'ai négligé notre lien profond, renié nos souvenirs, les racines de notre complicité, les jours heureux de nos enfances, je n'ai pas pris soin de nous. J'ai laissé le pouvoir au temps qui mange les vies.

Et sous le fracas du quotidien, notre empreinte s'est effacée sous la neige boueuse des préjugés. Oui, l'âge d'homme est un réservoir à suppositions.

Au fil de cette conversation improbable, doucement mais sûrement, j'ai joué cartes sur table, j'ai purgé mon cœur de cette culpabilité et je me suis senti libéré. Constance, que j'avais trouvée si pénible souvent, et que j'avais réduite à la portion congrue de l'image que nous véhiculons tous, est devenue au fil de cette nuit, puis des autres, une clé, précieuse confidente attentive et réconfortante.

Elle a fini par me l'avouer. Rien ne lui avait échappé, ni l'attitude de Marc, ni ma défiance à leur égard, et peu à peu le mépris. Mal à l'aise, elle avait tenté plus d'une fois d'en parler avec lui, mais, enfermé dans sa souffrance, mon frère n'a pu changer son fusil d'épaule jusqu'à cette conversation dans la cuisine avec mon père et moi.

Les masques que nous portons nous isolent et nous dévorent. Les baisser, c'est s'exposer ; s'exposer, c'est se mettre en danger de vulnérabilité, et la vulnérabilité, c'est la fin du monde. Voilà ce que mon frère croyait dur comme fer. Personne n'est parvenu à lui prouver le contraire. J'aurais dû essayer avant nos retrouvailles sur son lit d'hôpital.

Quand elles nous limitent, nos croyances finissent par nous enterrer. Nous éblouir avec sa réussite, c'est tout ce qu'il avait trouvé à la fin pour s'unir à nous. Être admiré ne console jamais de ne pas se sentir aimé mais aide un peu à avaler l'indifférence que l'on imagine susciter.

Ce message au creux de la nuit a mué en une conversation ininterrompue. Tous les soirs à la même heure, nos téléphones se donnaient rendez-vous, une pluie continue de messages et de confessions. On ne peut pas refaire l'histoire, mais on peut visiter son passé sous d'autres lumières.

Nous avons éprouvé le besoin de nous voir.

Constance m'a donné rendez-vous pour un café. Je lui ai proposé de déjeuner, et me voilà attablé à cette terrasse bordée d'arbres à attendre ma belle-sœur.

C'est la première fois que nous déjeunons tous les deux. En vingt ans, cela ne s'est jamais produit. Je ne l'aurais jamais imaginé. Et elle ? Je lui poserai peut-être la question.

52

Le serveur a déposé un Perrier sur la table. Constance est descendue du taxi juste après. Je l'ai aperçue derrière l'épaule du garçon ; elle avait tiré ses cheveux en arrière, sa queue de cheval cinglait l'air. Je me suis levé pour l'accueillir, elle m'a envoyé un signe de la main et a baissé ses lunettes de soleil.

Elle s'est installée, j'ai fendu la glace en premier. Je bafouillais, un peu perdu, elle aussi. Par où commencer ? Nous étions intimidés par ce rendez-vous. Constance s'est emparée du menu et a rechaussé ses lunettes pour échapper à la lumière crue.

Derrière la carte, j'ai pensé à mon frère, à Jeanne, à la vie qui défouraille et, en levant les yeux vers le ciel, un poids s'est retiré de mes épaules. Constance a respiré profondément, nous avons eu un rire nerveux et choisi un verre de vin. Le serveur est revenu et nous avons lev nos verres à mon frère, à la vie, à nos enfants, à Papichat et Paprika, à nous.

Nous avons commandé, sans oser nous regarder.

Elle m'a demandé des nouvelles des enfants, des parents, je lui ai retourné chacune de ses questions et je me suis lancé :

— Et toi ?

Constance parlait à voix basse, mais d'une voix assurée et douce. Elle était calme en évoquant son deuil, l'absence de Marc.

Comment faisait-elle pour tenir ? Nos conversations l'aidaient, elle trouvait ça étrange, mais c'était indéniable. J'ai acquiescé ; nos échanges me faisaient du bien à moi aussi. Nous nous libérions sans encore réussir à tenir bien debout, mais nous nous épaulions. Nous en sommes vite convenus, c'était une chance.

Nous avons dérivé vers des choses plus légères pour échapper un peu à la gravité, détourner l'attention du passé. Constance refusait de se projeter, elle n'en était pas encore là, la marche s'annonçait longue et semée d'embûches. On ne négocie pas avec le poids de l'absence, encore moins avec son fracas, on apprend à vivre avec.

Le printemps semblait réconcilié avec la douceur de saison, le soleil dardait sans en rajouter, le pollen rougissait nos yeux, nos sourires se dessinaient par vagues successives, parfois à l'unisson, parfois à contretemps.

Nous avons assumé peu à peu nos silences et nous nous sommes rassurés. Nous avons savouré l'indicible et accordé nos pas dans ce carrousel improvisé.

Nous hésitions à partager un dessert quand son téléphone a vibré. Constance a sorti son appareil de son sac.

— C'est mon fils, c'est Gabriel.

Elle m'a montré son écran, j'ai reconnu la photo en arrière-plan. Marc fixait l'objectif. Mon frère ressemblait à mon père, il trônait avec ses deux fils devant la maison de Paprika.

Un frisson a couru sur mon dos.

« Maman travaille. »

Elle a tapé ce message devant moi, et reposé son téléphone vitre contre table.

Un silence onctueux s'est posé sur cette terrasse, une ombre a découpé son visage.

Toute la famille ensemble

Joues creuses, bouche ronde, nez fin, paupières closes, le duvet de ses bras.

La tête entre ses mains, elle m'a souri.

NORD COMPO
multimédia

Composition et mise en pages
Nord Compo à Villeneuve-d'Ascq

CET OUVRAGE
A ÉTÉ ACHEVÉ D'IMPRIMER
SUR ROTO-PAGE
PAR L'IMPRIMERIE FLOCH
À MAYENNE EN MARS 2022

N° d'édition : L.01ELIN000597.A002. N° d'impression : 100172
Dépôt légal : mars 2022
(Imprimé en France)